お龍のいない夜

風野真知雄

小学館

目次

装画　松浦シオリ
装幀　山田満明

お龍のいない夜

第一章　大仏裏の隠れ家

1

　野太い男の声がして、誰だろうと玄関まで出て来ると、お龍《りよう》は夏の重く濃い闇のなかへ燭《しよく》台《だい》を突き出した。ハッとなった。入って来た男がひどい怪《け》我《が》をしているように思ったのだ。なにか見たのではない。血の臭いを嗅いだというのでもない。雷が来る前のような生臭くて不吉な風に吹かれた気がした。夏の闇にはもともとそういう気配がある。

「大丈夫どすか？」

　思わず訊《き》いた。顔から血が滴《したた》り落ちていたりするのではないか。

「なにが？」

　頭から足元まで見た。血は流れておらず、切り裂かれたような跡もない。

「どうした？」

　男は不思議そうにお龍の顔を見た。

「いえ」

　気のせいだったらしい。お龍は安堵《あんど》した。

　ろうそくの揺れる炎のなかに浮かんでいたのは大きな男だった。男は深い森にでもいる獣のように、ゆったりとした、だが、敏捷《びんしよう》さも感じさせる動きで土間から板の間へと上がりな

がら、

「中岡くんは、まだ来てないですか？」

と、かすれたような声で訊いた。

「中岡さま？　いえ、まだ」

「望月くんも？」

くんをつけて呼ぶのは、志士たちのあいだで流行《はや》っているのだ。漢字では「君」らしい。自分を「僕」と呼んだりもする。

「はい。まだ、どなたも来てはりまへん」

「そうか」

中へ入ろうとする男の前に立ち、お龍は、

「どちらはんどす？」

と、訊いた。

この家には、勤皇の志士たちが隠れ住んでいる。初めて見る人は警戒しなければならない――と、母のお貞から言われている。もしかしたら、幕府側の刺客かもしれないのだ。

「おれかい？」

「へえ」

「才谷《さいたに》といいます」

ぺこりと頭を下げた。なんとなく子どもっぽい仕草をする人である。

「大丈夫。怪しい人ではないよ。新選組でもない。こんなに汚い新選組はいないさ」

才谷は笑いながらそう言い、左右の廊下を見下ろすと、まっすぐ奥の十畳間に入って行って、

「疲れたなあ」

と、どかりと腰を下ろした。ここには初めて来たのではないらしい。肩や袴《はかま》から、白い土埃《つちぼこり》らしきものが煙のように流れた。

――払ってから上がってもらいたかった。

と、お龍は思った。

「腹が減った。なんでもいいから食わせてもらえないかな」

「では、仕度してきます」

お龍はさっきまでいた台所にもどった。

いつもは母のお貞と妹のお起美《きみ》が、ここに来る志士たちの面倒を見ている。ところが昨夜、この家の大家が亡くなったため、二人とも葬儀の手伝いに行かなければならなくなった。そこで、ふだんは七条新地の旅館〈扇岩〉で働いているお龍が、頼まれて留守番に来ていたのである。

このあたりは、かつて大仏があった方広寺の裏手にあるので、大仏裏などと呼ばれている。東山の麓で、京都の東南の外れに当たり、家の裏には田んぼが広がっている。鄙《ひな》びた静かなところである。

いくら鴨川の東も洛中といっしょだといっても、それはせいぜい清水寺や八坂神社あたりまでで、こんな外れまで洛中と呼んだら笑われてしまう。

お龍は、柳馬場《やなぎのばんば》三条下ルの家で生まれ育った。洛中のど真ん中である。父は、青蓮院宮《しょうれんいんのみや》の侍医も務めるくらい診立ての上手な医者だった。その父が安政の大獄に連座して入牢《じゅろう》し、釈放後に病死してしまうと、たちまち一家は離散した。幸せは、ろうそくが吹き消されたみたいに突然消えた。

――駄目、駄目。暗いことを考えては……。

このところすぐ、憂鬱な気分に陥る。それも軽い吐き気をともなう。それよりいまは、客のご飯の仕度。

竈《かまど》の上の二つの鍋には、さっきお龍がつくった〈生節《なまりぶし》とふきの炊いたん〉と、昨日の十八日につくってあった〈あらめの炊いたん〉が入っている。

どちらも皿に盛り、奈良漬けを添え、どうせ何度もお代わりをするだろうから大きな丼に飯を盛り、お膳に載せて運んだ。

「お待たせしました」

「おっ、早い。手際がいいんだな。たいしたもんだ。遠慮なくいただくよ」

才谷はお龍を褒め、さっそく豪快に飯を頬張り始めた。

お龍は、見事な食いっぷりを見ながら、

「どちらから来はりましたん?」

と、訊いた。

「今日は神戸から来た。その前は江戸にいた。でも、生まれは土佐だよ」

「土佐の方どすか?」

お龍は目を丸くした。

「意外かい？」

「そやけど言葉が……」

「訛《なま》りのことかい？」

「ぜんぜん違いますえ」

ここは勤皇の志士と言っても、土佐藩の脱藩浪人が多い。彼らの話は何度も耳にしてきたが、「じゃきに」とか「ちょる」とか、変な音を最後につける言葉使いで、それとはまるで違う。

「おれは若いころから江戸に行って、剣術の修行をしていたからね。それに、いまもいろんな国の連中と付き合っている。べたべたの土佐弁じゃ、話がうまく伝わらなかったりするのさ」

「へえ、そうどすか」

「あのな、ねえさん、教えるけどな、べたべたの田舎言葉を使ってるのは、勤皇の志士としては駆け出しか二流だぞ」

才谷は、お龍の顔を見て、からかうように笑った。軽口が好きらしい。

「京都のご飯はどうどす？」

「ん？　味かい？」

「薄味やおへん？」

「そうでもないな。うまいよ」

だが、この人はきっとなにを食べてもおいしいのだ。でなければ、こんな体格になるわけがない。それにしても大きい。

「ただ、京の人が自慢する鱧《はも》」

才谷は思い出したように言った。

「へえ」

「あれは、たいしてうまいとは思えないな。自慢するほどにはな」

「そうどすか」

お龍は、鱧が大好きなので、がっかりした。やはりあれは都の料理で、田舎の人にはわからないのだろう。

「ああ、うまかった」

「いま、お茶をお持ちしますさかい」

膳を片づけて、暗い台所にもどった。

知らない人と話すのは疲れる。

「ふう」

また、気持ちが暗くなった。

この先、自分はどこまで落ちぶれるのだろう。扇岩で客を取るまで落ちぶれるのだろうか。

そこまでするくらいなら、誰か商人の妾《めかけ》にでもなったほうがましだろう。扇岩の女将《おかみ》からは、

「あんた、そないべっぴんやのに、なにを将来のことなんかくよくよしてるの?」と思わせぶりに笑いながら言われた。笑いのわけは、隣の料亭の旦那のことだろう。六十過ぎで、目

が開いた大仏はんみたいな顔をしている。もちろんおかみさんもいて、こちらは鞍馬山の狐《きつね》みたいに恐ろしい感じがする。その旦那から、ここひと月ほど熱心に口説かれている。「面倒見てやる」「店を持たせてやる」と言われている。一度、四条にある料亭でごちそうになったが、本気で店を持たしてくれるつもりらしかった。

正直、心が動いている。自分の店を持ち、好きな手料理で常連客だけを相手にやっていけたなら、どんなにいいだろう。「錦小路に空いた店がある」とも言っていた。「小さいけどな」とも。小さいのは悪くない。それにお龍は、年配の男は嫌いではない。お父はんと同じ匂いを感じたりするから。

ちょっとくらい器量がよくても、ひどい目に遭う女は山ほどいる。器量にあぐらをかいていてはいけない。母のお貞は、「いい人、見つけてやる」と言っているが、いい人ほど早く死んでいく。お父はんのように。

お龍は洗い物をしながら、沼に放った石みたいにずむずむと気持ちが沈んだ。

2

――いまのは、いい女だったな。

と、龍馬は思った。

この家に、あんな美人がいるなんて、いままで知らなかった。土佐の関係ではない。天誅組《てんちゅうぐみ》の連中の知り合いなのか。綽名《あだな》をつけるとしたらなんだろう。焼き立ての京人形。綽名にしては褒め過ぎか。だが、それくらいの美人である。

――うかうか手を出すなよ。

と、自分に言い聞かせる。とくに京美人には気をつけないといけない。なにを考えているかわからない。あの柔らかい言葉と、謎めいた返事に、騙《だま》されてはいけない。

海軍操練所に来ていた江戸の御家人はつくづく言っていた。「かんにんな」だの「あかんえ」だのと言われているうち、こっちはつい、面倒見てやろうかとか、おれの嫁になれとかいう気になるんだ。ところが向こうはしたたかだぞ。昔、京の女は十二単《ひとえ》とかいうのを着込んでいたらしいが、あれといっしょ。本心の上に何枚も何枚も見せかけの着物をはおり、ぜんぶ脱がしたら、じつはいなくなっていたなんてこともあり得るからな、と。

「それじゃあ、お化けだろう」

と、龍馬は笑いながら言った。

「お化けだよ、京の女はほんとにお化け」

それから、江戸の御家人は、

「やっぱり女は、江戸のちゃきちゃきしたお俠《きゃん》な娘に限る」

しみじみと言ったものである。

――江戸の女か。

龍馬は千葉佐那《さな》のことを思い出してしまう。江戸の北辰一刀流・京橋桶町《おけまち》道場の事実上の主で、龍馬の師匠と言ってもいい千葉重太郎《じゅうたろう》の妹である。北辰一刀流免許皆伝の美人剣士。薙刀《なぎなた》もよくした。佐那は、ちゃきちゃきという形容も当て嵌《は》まるだろう。お俠とはちょっと違うが、「はんなり」とはさらに違う。

じつは、佐那のことは思い出したくない。思い出すたび、後ろめたい思いに襲われるからである。佐那とは夫婦になる約束をしてしまった。

「妻にしてください」

佐那の言葉が蘇《よみがえ》る。鍛冶橋が見えるお濠《ほり》のほとりだった。葉が落ちた柳の木の陰。指先からはらわたまでしびれるほど寒い冬の晩。

「そうだな」

なぜ、うなずいてしまったのか。なぜ、ちょっと待ってくれと言えなかったのか。

「では、せめて結納の品を」

と、言われた。結納の品などあるわけがない。龍馬は着物を破き、「これを」と袂《たもと》を与えた。袂を結納の品にする馬鹿がどこにいるだろう。おっちょこちょいにも程がある。

だが、もう、諦めただろう。というより、愛想を尽かしているだろう。

国事に奔走する志士は、女にうつつを抜かしていてはいけない——という気持ちはあるが、ただ、女に惚《ほ》れっぽいのも事実なのだ。いや、女というか、美人に。

しかも、惚れっぽいくせに、女が怖かったりもする。それは、女に夢中になると、なにもかも駄目になるのではという説教臭い怖さだけではなく、女の性そのものへの怖さのような気がする。男とは違う生きもの。

「犬が鳴いてますえ」

女が茶を持って来ながら言った。

やっぱり、たいした美人である。

3

じっさい犬は鳴いていた。

静かな夜のなかで、犬の声は、橋の上に転がっている下駄《げた》の片方のように、不吉で嫌なものだった。遠吠《とおぼ》えでも、威嚇のような声でもない。悲しげで、呻《うめ》くような声。

「ほら、鳴いてますえ」

「ああ」

二人でしばらく耳を澄ました。

こうして二人で夜のなかに座っていると、まるで夫婦にでもなったみたい——と、お龍は思った。でも、嫌や、こんな埃臭い人とは。

まだ、鳴いている。

「首まで埋められてるのかな？」

才谷が妙なことを言った。

「なんどす、それ？」

「京都ではやらないか？　土佐では呪いをかけるとき、犬を土のなかに首まで埋めたりするのさ」

「首まで？　なんのためどす？」

「おれも詳しくは知らないが、そうやって犬神というのを呼ぶらしいぜ。犬神が呪いをかなえるのかな」

「まあ」

犬が埋められている姿を思い浮かべた。お龍は犬も猫も好きである。

なんて可哀《かわい》そうなことをするのだろう、土佐という国の人は。

「くだらないことをするのさ、田舎者は。だが、京都の人も、ずいぶん呪いをかけると貴船《きふね》神社で聞いたぜ」

「ああ、丑《うし》の刻参りどすな」

「凄《すご》いんだってな」

「へえ。真夜中に、頭にろうそく立てて、藁《わら》人形に釘《くぎ》を打つんどすえ」

「らしいな」

「ほんまにあれもくだらんどすなあ」

「うん。いろんなことがくだらないよな。だから、おれはくだらなくないことをしたいんだ」

「どんなことどす?」

「そうだな。国の洗濯でもやるか。じゃぶじゃぶ洗ってやる」

「……」

この人はきっと、いちびりなのだ。お龍はそう思った。いや、この人にいちびりと言ったってわからないだろう。お調子者。

犬はまだ鳴いている。

もしかしたら、何者かが潜んでいるのではないか。

「ちょっと見て来ます」

お龍は玄関で提灯《ちょうちん》に火を入れ、外に出てみた。

前の道は緩い坂になっている。道の向こうの方広寺側には、太閤《たいこう》秀吉が築いた塀がつづき、こっちは町家が並んでいる。

怪しい者がいれば、町家の明かりがつくだろう。別に誰かが潜んでいる気配はない。犬はどこで鳴いているのだろう?

いやに胸がどきどきする。自分はけっして臆病ではない。なのにどうして、これほど変なふうに胸が鳴るのだろう。

後ろに才谷が立っていた。刀を手にしていたので、お龍はどきりとする。

「誰もいやらしまへんえ」

「そのようだな」

二人で夜のなかに立っている。

足元を、夏の風が吹き過ぎて、お龍はふいによろめきそうになって、才谷の袂を摑《つか》んだ。

「ん?」

才谷が怯《おび》えたような顔をした。この人は臆病者なのかもしれない。

「おれは女に袂を摑まれると弱いんだ」

わけのわからないことを言った。

「はあ」

「もどるぞ」

才谷が言った。

「……」

もどるとまた二人きりになる。お龍はそれが怖い気がして、足を動かさない。

「いい夜だがな」

才谷が空を見上げていた。いい姿勢だった。姿勢のいい男。それに、いい顔をしていた。

やっぱり臆病者ではない。

「ほんまに」

お龍もいっしょに眺めた。

満天に煌《きらめ》く星の河。なんという星の数。星ってこんなにあったんかいな。ため息をひゃっぺんついても足りないくらいきれい。

ふいに後ろから下駄の音がした。

「まあ、坂本はん、来てはったんどすか?」

お貞とお起美が帰って来た。

「坂本はん?」

お龍は驚いた。

「才谷というのは偽名でな。初めての人にはそう名乗ることにしてるのさ」

「ここに出入りする方は、皆さん、二つか三つは名前を持ってはるんや」

お貞がお龍に言った。

「そうやったん」

坂本の名は、お貞から聞いていた。土佐における勤皇の志士の頭領格の人だと。それなのに、幕府の船に乗り、神戸にある海軍操練所の塾頭までしているのだと。

お龍は、なんとなく毅然《きぜん》として、身ぎれいで、礼儀正しい人物を思い浮かべていた。だが、じっさいの坂本はまるで違って、どことなく物置から出て来た仔猫《こねこ》みたいに薄汚れて、洟《はな》を垂らしながらご飯を食べる子どもみたいで、久しぶりに山から下りてきた炭焼きみたいに人懐っこそうな男だった。

家のなかに入るとすぐ、

「娘のお龍どす」

と、お貞が龍馬に言った。

「りょうはどう書く?」

龍馬がお龍に訊いた。

「龍虎の龍どす」

「難しいほうの?」

「へえ」

「おれといっしょだ。おれは、坂本龍馬だ」

坂本龍馬が強い視線で見つめてきた。強さのなかに歓喜があって、それが光になっているような視線。こんなふうに見られるのは初めてと思うくらいだった。さっきまでの冗談を言っていた顔と違って、お龍はたじろぐほどである。この人はやはり、怖い人なのか。

と、そのとき。

「お、坂本、来てたか」

「久しぶりじゃのう」

「どこ、行っちょった?」

中岡慎太郎《しんたろう》や望月亀弥太《かめやた》など、土佐の志士たちが六人ほどで帰って来た。寂しかった家のなかが急にがやがやとして、油臭い若者たちの活力あふれる空気に変わっていた。

第二章　ごあいさつにて候

1

ずらりと干した客布団を、どすどすと力まかせに叩《たた》きながら、

——うちは、ほんまは男になるべきやったんや。

と、お龍は思っていた。

もっと太い腕をしていて、色は日に焼けて真っ黒、毛もうじゃうじゃ生えていて——それが自分にふさわしい見目であると。

一昨年のことだったが、妹の光枝《みつえ》と起美を人買いから取り返して来たときの騒ぎを思い出しても、そう思うのだ。あのときは、母親のお貞が芸者屋の女将でお吉《きち》という悪賢い女に騙され、光枝は大坂の女郎屋に、起美は島原の舞妓《まいこ》置屋に身売りさせられてしまったのだった。

とくに、光枝のほうは事態が切迫していた。光枝は大店《おおだな》の小間使いということで大坂に連れて行かれたのだが、それは真っ赤な嘘《うそ》。大坂の女郎屋に移されてしまっていた。

お龍は急いで着物を何枚か売り払い、金をつくると、まずはお吉の家に行き、亭主と口論の挙句、やっと居場所を白状させた。それから大坂のドブ池というところにあった女郎屋に駆けつけた。

出て来たのは、お吉と三人の、ドブネズミみたいにうろちょろするごろつき。光枝もいっ

しょだった。お龍は臆せず談判に及び、向こうも帰すわけにはいかないと、一人のごろつきは鯉《こい》のぼりみたいな肩の彫り物を見せて、

「姉さん、殺されたいのか？」

と、脅しをかけてきた。

お龍はカッとなり、相手の胸倉を摑んで顔を殴りつけ、

「こっちは死ぬ覚悟で来たんやで。殺せるもんなら殺してみい。さあ、殺せ！」

と、喚《わめ》いた。

向こうも殺すわけにはいかず、呆気《あっけ》に取られていたので、お龍はさらに、傍らにあった火鉢を持ち上げ、お吉たちに投げつけた。

「うわっ、なにしやがる」

「このあま！」

灰は濛々《もうもう》と巻き上がり、お吉やごろつきどもも目を押さえて喚くばかり。お龍はすばやく光枝の手を取って外に逃げた。追いかけて来たのが一人いたが、そいつを蹴飛ばし、そこから京屋という船宿に飛び込むと、三十石船で京都までもどって来たのだった。

この話を知り合いにすると、「あんたが女だから無事やったんや。よかったな」と言われたが、お龍からしたら冗談ではない。男でないのが悔しかった。もしも男だったら、張り倒すどころか、何人かぶった斬って来たのではないか。あるいは逆に、殺されて、光枝を救うこともできず、死体でもどる羽目になったかもしれない。

いま思えば、たいした度胸だった。

ただ、この先も自分は、ああした修羅場をいくつもくぐり抜けていかなければならないのかと思うと、お龍はうんざりしてしまうのだ。

お龍が働いている扇岩は、上等な宿ではない。盛り場のなかの連れ込み宿である。当然、汚れものも多い。それを洗うのもお龍の仕事である。

お龍は父が生きているころは、炊事もせずに済むくらい贅沢《ぜいたく》な境遇だったので、いまも煮物など、かんたんなものしかつくれない。それで、もっぱらここでは、掃除と洗濯を担当していた。

連れ込み宿だから、汚れものだけでなく、変な話もいっぱいある。

昨日の客も変だった。男女の連れで入って来て、しばらくしたら男だけが裏口から帰ってしまった。女がいなくなることはたまにあるが、男は珍しい。「あれはなんやったのかね?」と、女将とも話した。女のほうは、なにか盗まれたとかいうのでもなく、泊まらずに恥ずかしそうに出て行った。

入る前に揉《も》めるのはしょっちゅうである。門のあたりで、「うちはそんな女じゃおへん」などという女の声は何度聞いたか。

半月ほど前は、門のところで虫拳を始めた男女がいた。祇園《ぎおん》で流行っている遊びで、手を虫のかたちにして、三すくみで勝ち負けを決めるのだ。女が負けたら、宿に入ることになったらしいが、男がなかなか勝たない。「もう一回だけ」と男が頼むと、「もうしょうもないなあ」と、女も応じている。結局、五度目でやっと男が勝ち、なかに入って来た。どうせ、入るつもりなんだから、虫拳などしなければいいのにと、お龍は呆《あき》れたものである。

ときには、得体の知れないできごとで、気分が悪くなったりもする。このあいだは、布団にあんこがいっぱいついていたことがあった。二人で饅頭《まんじゅう》を食べたとか、そんな量ではない。手桶《ておけ》に一杯ほどのあんこがべったりである。いったい何をしていたのか、お龍は汚れた布団を洗いながら、気味が悪くてたまらなかった。

いまも、お龍はため息を一つつき、山のような洗濯物に取りかかった。

2

坂本龍馬は忙しい男である。

勤皇の志士としてというより、勝安房守《かつあわのかみ》の弟子として、神戸海軍操練所の塾頭としてやらなければならないことのほうが遥《はる》かに多い。

蒸気船を操るというのは、容易なことではない。櫓《ろ》を漕《こ》ぐだけの舟とは訳が違って、覚えなければならないことが、気後れしてしまうくらい多岐にわたるのだ。

まずは蒸気船の造り、つまり造船を学ばないといけない。どの部分がどんな役割を担うのかは、造りを学ばないとわからない。

とくに、蒸気機関については、構造を詳しく知らないといけない。動かせば、故障したり、なにか破損したりもする。そのときの修理法まで学ぶ。

次に運用、すなわち操舵《そうだ》の技術を学ばないといけない。ふつうの蒸気船というのは、蒸気の力だけでなく帆も活用するので、帆船を操る技術も会得すべきなのだ。なにせ図体《ずうたい》がでかいから、座礁する危険も大きいし、いったん座礁したら、まず諦めないといけなくなる。何万両もした船が、たちまち海のゴミになってしまうのだ。

また、蒸気船を動かすには、広い意味の航海の知識も必要である。日本の陸地はどういうかたちをしているのか。海流の流れはどうなっているか。夜空の星の位置から、いま船のいる位置を割り出すといったこともできなければならない。そうなると、学ぶのは天文学である。

そして、蒸気船に乗り込むからには、当然、大砲の術も学ぶべきである。蒸気船は、輸送はもちろん、軍船としての役割も担うことが多いのだ。

師である勝安房守は、かつて長崎にあった海軍伝習所で、教える立場にありながら、これから蒸気船に関わるいっさいを習った。

「おいらは劣等だったぜ」

が口癖だが、それで咸臨丸《かんりんまる》の艦長に抜擢《ばってき》されるわけがない。肝心なことはちゃんと頭に入っている。

その勝からも、直接、船のことを教えてもらっているし、勝が使っていた手引書も、ごそっと譲ってもらった。天文学や、数理の本はかなり難しいが、つねに持ち歩き、何度も読んで頭に叩き込んでいる。

理論だけではない。実地の操練も大事である。

これまで龍馬がじっさいに何度も乗ったのは、幕府海軍の順動丸である。全長四十間。鉄骨木皮の船体で、すでに旧式となりつつある外輪式の蒸気船だった。

去年、将軍家茂《いえもち》が江戸からこの船で大坂に来たときも、その数日後に公家《くげ》の姉小路公知《あねがこうじきんとも》が大坂湾を巡回したときも、勝安房守とともに龍馬も同乗していた。

順動丸に乗っているときの龍馬は、船中を駆け回り、あらゆる作業を頭に叩き込むので必死である。船酔いしている暇もない。

釜焚《かまだ》きの手伝いでは石炭をくべ、舵取《かじと》りの機微を確かめ、帆柱に上って周囲を見回し、停泊するときは水夫たちといっしょに碇《いかり》を下ろす。

——ましておれは塾頭なのだ。

教授ではないが、それでも教える立場だ。勝から、「坂龍《さかりよう》、おまえがなるか?」と訊かれたとき、自分にはまだ重いという気持ちもあったが、

「やらせてください」

と言ってしまった。そういう立場になれば、蒸気船について学ぶ機会も増えるだろうと思ったのだ。

龍馬はとにかく蒸気船についてのあらゆることに精通したい。それが、自分を単なる剣客から、あるいは勝安房守の使い走りから、一段高みに引き上げてくれると思うからである。

蒸気船を自在に操ることができれば、数百、数千の兵士を、たちまちある場所からほかの場所まで移動させることが可能になるのだ。これが、これからの政局でどれだけ大事な役割を担うことになるか、その重要性について気づいている者はそう多くない。だからこそ、他に先んじたい。

去年の暮れ、ついに観光丸の船将(艦長)を務めた。だが、まだまだこの先になしうる仕

事や夢がある。

だから、龍馬はいま、女にうつつを抜かしている暇はないはずなのである。

それが急に調子がおかしくなった。

大仏裏の隠れ家で出会ってしまった女。楢崎《ならさき》龍。会ったばかりで秘《ひそ》かに「焼き立ての京人形」なんて綽名をつけたが、それは見た目だけのことで中身はもっと手強《てごわ》いのではないか。「大福あられ」なんてのはどうだろう。一見、白くふくふくしていかにも甘そうだが、食べるとあんこのなかに堅いあられが入っていたりするのだ。

龍馬は、付き合いができた相手に、秘かに綽名をつけるようにしている。その綽名は、口にすることはない。胸のなかで呼ぶだけである。だが、綽名をつけると、その相手に親しみが湧いてくる。しかも、こっちが親しみを覚えると、それは必ず相手にも伝わり、相手もこちらに親しみを感じてくれるようになる。じつは意外に人見知りする龍馬の、これは秘密の処世術でもあった。

――それにしても、まずい女に出会ってしまった。

すっかり心を奪われた気がする。きらきらした美しさだけでなく、江戸の娘のようにちゃきちゃきしたところがあるのも気に入った。京娘のはんなりは、正直まどろっこしい。

しかも、名前が龍と龍であるのも、なにかの縁ではないか。

こうなると、龍馬は行動せずにはいられない。待つというのは苦手である。

――どうやって気を引こう。

龍馬は、螺旋《らせん》蒸気機(スクリュウ)を使った新式の船の設計図を見ながら、お龍を射止めるすべを考えている。

3

お龍が洗い終えた洗濯物を、裏の干し場で竿《さお》に通していると、大仏裏から母親のお貞がやって来た。近いので、お貞はときどきこうして訪ねて来るのだ。

だが、今日はいつもより顔が硬い。

「どうしたん、お母はん?」

お龍は訊きながら、不安になった。また、光枝と起美の身売り騒ぎのときのようなしくじりを仕出かしたのではないか。お貞は、恵まれた時代が長かったので、どうしてもお人好《よ》しのところがあり、騙されやすい。あのあとも、父の残した医術の道具や、集めた骨董《こっとう》の類いを、馬鹿みたいな値で買い叩かれたりしている。

「うん。ちょっと思うところがあってな」

「変なこと思ったら、嫌どすえ」

「変なことじゃない。じつは、うちは坂本はんにあんたをもらってもらえたらと思うとるんや」

「そんな馬鹿な」

「嫌か?」

「嫌や」

きっぱりと言った。

「あんた、佐幕か。勤皇やないんか?」

お貞が、棘《とげ》のある口調で訊いた。

亡くなった父の楢崎将作《しょうさく》は、筋金入りの勤皇だった。それに影響され、お貞も勤皇の気持ちが強い。だが、京都の民は誰でもそうだろうと、お龍は思う。千年もの日々を、誰が御所に居つづけたというのか。

だが、それと婿選びは別の話だろう。

「だから、何度も言ってるやないの。うちは、武士は嫌やて。勤皇だ、佐幕だとやっているうち、皆、しまいには殺されるやないの。死なはるのをわかってて、誰がお嫁になど行きますかいな」

「あんた、大坂のごろつきと喧嘩《けんか》して来たくせに、武士の悪口言えるか?」

「だから、なおさら嫌なのどす。うちは、穏やかでやさしい人を見つけますさかい」

「でも、坂本はんは、剣術の達人なんやて」

「いくら剣術の達人やて、新選組の五人に囲まれてみい。かなうわけあらへん」

「新選組なあ」

と、お貞は眉をひそめた。

「新選組がどうかしたん?」

勤皇、佐幕、攘夷《じょうい》、開国、さまざまな思惑と勢力が入り混じる京都の町で、いま、いちばん目立っているのが、新選組の連中だろう。市中見廻《みまわ》りと称し、四人五人と徒党を組んで、町を闊歩《かっぽ》している。

途中、怪しい浪人者を見かければ、誰何《すいか》し、逆らえば町なかの斬り合いも厭《いと》わない。隊士は皆、名うての剣の遣い手だという。

「うん。あの新選組の局長の近藤勇《こんどういさみ》がな、あんたを見染めたらしいんよ」

「うちを？　どこで？」

「あんた、近ごろ、八坂はんに行った？」

祇園にある八坂神社のことである。

「ああ、行った。ここの女将はんに頼まれて、八坂はんの前の仕出し屋に」

「そんときやな。たいした別嬪《べっぴん》やと、仕出し屋の番頭はんにあんたのこと訊いたんやて。番頭はんは金蔵寺《こんぞうじ》の和尚はんと親しくて、そこから回ってきた話よって」

「そんなん、馬鹿みたいな話やないの。見染めたとか大げさや」

「でも、新選組になんか獲《と》られるくらいなら、早く坂本はんにもらってもらえたら思ってな」

「もう、お母はんもいい加減にしときや」

心配性のくせに頓珍漢。うんざりしてきた。

と、そこへ――。

「こちらに楢崎龍さんという方はおられますか？」

玄関口で声がした。

「なんどす？」

頭にかぶっていた手拭いを取りながら出てみると、飛脚がいて、文を掲げていた。

「お龍さんにです」

「龍はうちどすけど、文？　間違いやおへん？」

「いやあ、ほら、楢崎龍さまと」

飛脚は宛名を見せた。

「ほんまや……」

飛脚が届ける文など、いままでもらったことがない。

庭のほうにもどり、どきどきしながら結んであった紐《ひも》をほどき、文を開いた。

私という男、きわめて多忙。
くわえて生来おっちょこちょい。
なれど、母上からもお聞き及びかと思うが、
勝安房守さまの一の子分。
神戸海軍操練所の塾頭にござ候。エヘン。
見かけよりはだいぶ賢くてござ候。
さらに、江戸で有名な北辰一刀流の免許皆伝にて候。
新選組も避けて通る。たぶん。
しかも、日本国のため奔走して候。
それがなんの因果か、僥倖《ぎょうこう》か、
京でいちばんの美人に出会ってしまい、

弱ったことに一目で囚《とら》われの心になりました。
お貞さんから聞いたところでは、
武士は皆、死んでしまうから、
お嫁には行きたくないとのこと。
そのあたりは、わたしもまったく同感。
武士はかんたんに命を捨て過ぎると思う。
命は大切。命がなければ、したい仕事もできず、
大事もなせない。
だからわたしは、命を粗末にはしない。
それだけは伝えておきたくて、
つい筆を取ってしまいました。
とりあえず、このふつつか者をよろしくお見知りおきくださるよう、
ごあいさつにてござ候。

龍より龍へ。

龍馬からの文だった。達筆で、いかにも快活な字で、ときどき読みにくいところもあったが、どうにか最後まで読んだ。
たいした内容ではない。どこかふざけたような挨拶の文だった。
「坂本はん、どこか遠くへ行きはったん?」

と、お龍はそばまで来ていたお貞に訊いた。

「いや、おらはるえ、大仏裏に」

「変なお人やなあ。文、くれはった」

「坂本はんからなん?」

お貞は嬉《うれ》しそうに訊いた。まるで自分がもらったみたいである。

「見せてえな」

「あかん。いくらお母はんでも、文は見せられへん」

それは相手に失礼だろう。

「坂本はん、あんたを気に入らはったんやろな」

「わかりますかいな。誰にでも、こういうことをする人かもおへん」

「そうかねえ。坂本はんは違うと思うがなあ」

お貞は首をかしげた。

——だいたい文なんて、女みたいや。

と、お龍は思った。もし龍馬が女で、自分が男だったら、二人のあいだはうまくいくのかもしれなかった。

第三章　あたふた龍馬

1

お龍は、扇岩の前を流れるドブ川をのぞいていた。いかにも京都の腐敗といったような、白粉《おしろい》臭の混じる饐《す》えた臭いがぞわぞわと立ち上がってくる。ゴミが詰まって流れが悪くなっているのだ。そのゴミをかき出すのに、竹箒《たけぼうき》を持って来ようとしたとき——。

「お龍さん」

後ろに坂本龍馬が来ていた。

「あら、坂本はん」

今日は、なんだかこざっぱりしている。いや、いままでドブ川を見ていたので、そう見えたのではないか。

龍馬の後ろには、ほかに二人の武士がいて、にやにやしている。片方は、面識のある望月亀弥太で、もう一人は知らない。

「じつは、いい天気なので……」

と、龍馬は人差し指の先を空に向けた。

「いい天気どすか……」

たしかに、空は雲一つなく晴れ渡っている。だが、いまはもう五月（旧暦）の末。もっと陽《ひ》が昇れば、真夏並みに暑くなりそうである。こういうのは、いい天気とは言わないのではないか。

この人の言うことは、なにか変である。

「これは、おれの同志の望月くんと、近藤長次郎《ちようじろう》くんなんだが」

「はい」

「四人で洛外《らくがい》の景色のいいところに遊びに行かないかね?」

「四人て、うちもどすか?」

「そう。宿のあるじには、お龍さんの日当分を出すからと交渉するよ」

「まあ」

驚くお龍を後目《しりめ》に、龍馬は宿の帳場にいた女将と、たちまち話をつけてしまった。女将が、「お龍はん、楽しんで来て」と機嫌よく見送ったところから察するに、かなりの日当を払ってくれたのだろう。

七条の通りに出たところで、

「さて、どこへ行く?」

と、龍馬が言った。どこへ行くか、決めてなかったらしい。

「どこでも」

お龍もこうなったら、一日ののんびりするつもりである。

「おれは嵯峨野《さがの》には行ったことがない。天龍寺の庭はいいらしいな」

「天龍寺どすか」

桜や紅葉のころならまだしも、いまは蟬《せみ》も鳴き始めているのではないか。

だが、桂川《かつらがわ》の岸に腰を下ろせば、さぞやいい気持ちだろう。

「よろしおすな。行きましょう」

お龍は案内するように、さっさと歩き出した。

始めのうちは、望月と近藤はどうも龍馬から言い含められていたらしく、わざと龍馬とお龍からあいだを空けていた。だが、お龍がしきりに望月たちにも声をかけるので、結局は四人いっしょに歩いている。

そのうち、京の言葉はわからないという話になった。

「なにがわからしまへんの?」

「そもそも挨拶の言葉の意味がよくわからない。おことおはん。はばかりはん。ごきんとはん。あれはどうもわからん」

と、龍馬は言った。

「ははあ。そうどっしゃろな」

確かにあれは、京の育ちじゃないとわからないかもしれない。表と裏に別の意味があったりする。

「わからなくてもかましまへん」

「そうなのか」

「そのうち、わかるようになりますよって」

「そのうちな」

龍馬は苦笑してうなずいた。

「おれは、京の人にへんねしやと言われた。あれはどういう意味かな」

と、近藤が言った。

「へんねしどすか。なんて言うか、気難しいってことどす」

「そうか。そうでもないのだがなあ」

近藤は納得いかないらしい。

「なあ、お龍さん。坂本さんを京言葉で言うと、どういうんだろうな?」

望月が訊いた。

「それはかんたんどす。いちびりどっしゃろ」

「いちびり? どういう意味かね」

望月が訊こうとすると、龍馬は、

「それはわかるだろう。一番を取るか、びりッケツを取るか、つまり、凄いときは凄いが、駄目なときはまったく駄目という、つまり、おれみたいなやつだわな」

「面白い」

「当たりだろ?」

「そういうことにしときまひょ」

「なんだよ」

お龍は楽しくなってきた。

「そういえば、坂本はんは勝さまという方の子分と言うてはりましたね?」

「そう。おれだけじゃない。望月くんも近藤くんもだよ」

龍馬がそう言うと、

「わしは子分というほどのもんじゃないぜよ。坂本さんほどは、心酔してはおらんきに」

望月が苦笑すると、

「毀誉褒貶《きよほうへん》あるからなあ、勝先生も」

と、近藤が言った。

「そうそう、悪口はよく聞くよな」

望月がそう言うと、

「どんな悪口だ?」

龍馬が訊いた。

「ふだんは大口叩くけど、咸臨丸のときはてんでだらしなかったそうじゃないですか」

「ああ、あのときは初めて外洋に出たからな。しかも、あの先生、行く前はいっさいアメリカ人の手は借りないと言っていたが、じっさいには船酔いでひっくり返り、ほとんどアメリカ人が運航して行ったらしいな」

「そうらしいですね」

「だが、帰りは勝先生の差配で無事帰って来ただろうが」

「そりゃそうですが」

咸臨丸なるものがなんなのか、お龍はわからない。訊けば、それでアメリカに行って来たのだという。

「人間、完璧なやつなどいるものか。おれを見ろ」

「坂本さんは言われなくたってわかっちょる」

「そうか」

龍馬は愉快そうに笑い、

「勝安房守という人はな、この日本という国は、海洋国家だというのさ」

お龍を見て言った。

「海洋国家ですか」

お龍は、それもなんのことだかわからない。

「そう。たとえば、清《しん》などは大陸国家だ。ヨーロッパもエゲレス以外はほとんど大陸国家だ。だが、日本は周りをすべて海に囲まれている。当然、大陸国家とでは進むべき道は違って来る。海ではもちろん、米は穫《と》れない。だが、魚も貝も、昆布や和布《わかめ》、それから塩もとれる。なにより、船を浮かべられる」

「それはそうどすな」

それくらいはお龍にもわかる。

「こういう国は、海の素晴らしさを活用すべきだ。つまり、船を使って海外の国とどんどん交易をし……」

「交易をするのどすか？　開国ですな？　坂本はんは尊王攘夷と違うのどすか？」

お龍は驚いて訊いた。

「それが、尊王にも攘夷にもなるんだ。さまざまな技術を発達させ、いいものをつくってそれをまた他国に売る。日本の民は豊かになる。そうやってどんどん海軍を強くして、他国の侵略を防いでいくべきなのさ」

「海軍?」

「そう。大きな軍船をいっぱいつくり、強力な大砲を備える。それなら異国だって攻めては来られないだろ?　これが日本の道」

「はあ」

ほかの二人は、龍馬の論はもう聞き飽きているのだろう。景色を眺めたり、途中の茶店でだんごを食おうなどという相談をしている。

2

桂川の渡月橋《とげつきょう》に着いた。ただ、途中で川遊びをしたりしたので、嵐山のほうのたもとに出た。

「おう、いい景色だ」

龍馬が喜んでいるので、

「こっちより、向こうから見る景色がよろしおすえ」

と、お龍は教えてやった。

「そうか。渡ろう、渡ろう」

なんだか子どもみたいである。

渡月橋の天龍寺側から嵐山を眺めた。

「やあ、ほんとだ。きれいだなあ」

「なるほど、あれが嵐山か」

「絶景だ、絶景だ」

三人で大喜びしているので、お龍は苦笑してしまう。桜や紅葉のころの景色を見せてあげたい。

「そっちに入れば天龍寺どすえ」

お龍は右手の道を指差した。

「それより飯が先だ。あそこで飯を食おう」

龍馬がたもとの店を指差した。湯豆腐と書いた旗が出ている。

店に入り、出て来た湯豆腐で飯をかき込み出すと、

「うん、京都の豆腐はうまいな」

「水がいいからですかね」

この人たちは、いかにも嬉しそうに食べる。湯豆腐くらいでこんなに喜んでくれるなら、嫁も楽だろう。京都の旦那衆あたりは、口が肥えているから、味にもこうるさいのだ。

それにしても、こんなに子どものような、素直な男たちが、考えの違う相手と争い、殺し合いまでしているのは、女から見ると奇妙な感じがする。なにも、殺し合うまでしなくてもいいのではないか。

飯を食べ終えて、桂川の岸辺で足を伸ばした。

川風がなんとも心地よい。お龍も、日焼けは嫌で手ぬぐいをかむっているが、素足を水に浸《つ》けたりしている。

聞けば、望月も近藤も龍馬より三つ歳下《としした》だそうである。二人とも土佐出身で、近藤のほうは、今日はたまたま京都に来ていた。ふだんは大坂に住んでいて、いまは嫁ももらい、まもなく子どもが生まれるらしい。

二人とも、先輩の龍馬に頭を押さえられているようすは感じない。龍馬に対して言いたいことを言っている。龍馬のほうも、なにを言われても怒るでもない。この人は、いつもこんなふうに機嫌がいいのだろうか。

そういえば、医者だったお父はんが、「いつも機嫌がよくて、大言壮語ばかりする頭の病がある」と言っていた。もしかしたら、その頭の病かもしれない。

お龍が、龍馬を見ながら、望月に訊いた。

「坂本はんて、どんな人どす？」

「坂本龍馬というのは、まあ、見たこともない変わり種じゃきに」

望月がそう言うと、近藤もうなずいて、

「うなぎみたいな、蛇みたいな、でも、龍なんだよな」

「なんだ、それは」

と、龍馬が笑った。

「つかみどころがないんだ。それで、ああやってだらしなくとぐろ巻いてるみたいだが、やっぱり毒も隠している。それで、いざ嵐にでもなろうものなら、たちまち龍になる」

「褒めてます、それ？」

「褒めてるのかな。坂本さんがさっき言った勝安房守の話も、かなり坂本さんの考えが入っているんだ。あれで、おれたちは煙《けむ》に巻かれるんだよな。騙されてるのかと思ったりもする。でも、坂本さんの口から聞かされると、そうかなと思ってしまう」

「そうなんどすなあ」

近藤の言うことはわかる気がする。

「おまんら、もっといいことを言えよ。おれは、お龍さんを口説こうとしてるんだぞ」

「あら、まあ」

お龍は呆れた。ずいぶんはっきりと言ったものである。

「どうだね、おれは？」

龍馬はお龍を見て訊いた。照れてはいるが、ふざけてはいない。

「うちは、望月はんや近藤はんみたいな人のほうが好きどすな」

「そうなのか」

龍馬は意外そうな顔をし、

「望月くんや近藤くんは、どんな男だと思うんだ？」

「堅実で、地に足がついていて、危なっかしいことはせえへん。女からしたら、頼りがいがあるし、安心感もあります」

「ふうん」

と、それを否定することもなく、

「おれは違うのか?」

「坂本はんは、なんか怖いよって」

「おれが怖いか?」

「ううん、たぶん」

お龍も自分の気持ちがよくわからない。

「あーあ、坂本さん、振られてしまったぜよ」

望月が面白そうに言った。

「馬鹿。一回や二回振られたからって、諦めるやつは男じゃないぞ。おれはけっしてへこたれない男だぜ」

龍馬は笑いながら言った。

やはり、この人はお父はんが言っていた頭の病かもしれない——お龍はそう思った。


広大な天龍寺の庭や境内を一回りしたあと洛中に引き返すことにして、七条新地の扇岩にお龍を送り届けると、龍馬たちは大仏裏の隠れ家にもどって来た。すでに、陽は西の山並みの向こうに落ち、夕暮れが近づいている。

玄関口に誰かいるのが見えた。

袴を穿《は》き、刀を差しているが、女だった。なんと、千葉佐那だった。

——嘘だろう。

龍馬は仰天し、

「頼む。おれのことは訊かれても言うなよ」

慌てて隣の家の裏に隠れた。

佐那の兄の千葉重太郎がいま、京都に来ている。龍馬も一度訪ねていて、居場所も伝えておいた。兄からここを聞いたのだろう。

千葉佐那は、家のなかの誰かに龍馬の不在を聞いたらしく、こっちへもどって来た。望月や近藤ともすれ違った。二人とも佐那の顔は知らない。

佐那は龍馬が隠れて見ているのに気づかず、前を横切って行く。

これがとぼとぼという足取りであったら、龍馬も可哀そうになって追いかけたかもしれない。だが、颯爽《さっそう》と、昂然《こうぜん》と、帰って行く女剣士の後ろ姿には、どうしても愛《いと》しさは感じられなかった。

3

その翌々日――。

龍馬が清水寺の境内で土佐勤王党の知り合い数人と会い、大仏裏の隠れ家にもどって来ると、お龍が来ていた。

「よう、お龍さん」

「あ、坂本はん。惜しおしたおすな。ちょっと前、千葉佐那さんとおっしゃるおなごはんが来はりましたえ」

「……」

「出かけてはると言ったら、千葉佐那が京都に来ていると伝えてくれと」

「あ、そうか」

龍馬はできるだけ平静を装って言った。

「きれいなお人どすな？　どういうお人どす？」

「なあに、おれの剣術の師匠の娘なのさ。兄貴が京都にいるので、ついでにおれのところにも来たのだろう」

そんなはずがない。江戸から龍馬を追って来たに違いない。

「まあ」

「ただ、いろいろ噂《うわさ》はあってな。ちと、変わった人ではあるらしいな」

「どんなふうに？」

「弟子のなかにこれぞと思う男がいると、付け文などするのさ」

「坂本はんももらわれたんどすか？」

「うん、まあ、何度かはな」

もらったが、それは龍馬が出した文への返事だった。

女を口説く際の付け文攻勢は、龍馬の得意技である。剣術の面打ちより、付け文攻勢のほうが得意である。

「もちろん、おれは相手にしてないぜ。逃げの一手。もっとも、そういうのはおれのほかに何人もいたらしいがな」

ちょっとひどいと、龍馬は自分でも思う。

だが、これからお龍を口説こうというときにのこのこ江戸くんだりから現われるのだから、千葉佐那も間が悪過ぎる。

正直、千葉佐那への未練は皆無である。

「また来られても困るなあ」

「でも、また、来はると思いますえ」

じつにまずい。奥にいる望月亀弥太や千屋寅之助《ちやとらのすけ》は、にやにやしている。龍馬の苦境を面白がっているのだ。

と、そこへ――。

「こちらに坂本龍馬さまは?」

飛脚が顔を出した。

「おれに文か?」

まさか千葉佐那からではないだろうなと、恐る恐るつまむように文を受け取ると、勝安房守からの報せ《しら》だった。

「なんです?」

望月亀弥太が訊いてきた。

「おれにいろいろと頼みたいことがあるので、至急、江戸に来いとさ」

「塾頭としては、行かざるを得ませんね」

「ああ」

龍馬は内心、ホッとしていた。このままここにいたら、数日中には間違いなく千葉佐那に捕まってしまうはずだった。

第四章　祇園豪遊

1

　お龍は扇岩の仕事を早めにすべて片づけて、大仏裏の志士たちの隠れ家にやって来た。坂本龍馬が急に江戸に行くことになったので、別れの宴《うたげ》を開くのだという。

　隠れ家の戸を開けると、龍馬のほかに千屋寅之助と望月亀弥太がにやにやしながら妙な恰《かっ》好《こう》をしている。

「なんどすか、それは？」

「おれの別れの宴で、祇園の〈一力〉に繰り出すことにしたのさ」

　と、龍馬が浮かれた調子で言った。

「まあ、一力に」

　祇園でも一、二を争う豪勢なお茶屋である。

「だが、あそこは新選組なども出入りしているのでな、変装して行くことにした」

「変装やったんどすな」

　確かに寅之助は大店の番頭ふう、亀弥太は前かけなどしてその下の手代ふう。だが、龍馬はよくわからない。かるさんを穿いて、筒袖の羽織。医者のようでもあるし、俳諧の師匠のようでもある。

「おれはなんに化けたかわかるか?」

「さあ?」

「易者だよ」

「ああ、言われてみれば」

お龍は笑いながら手を叩いた。橋のわきあたりに座るヘボ易者。占ってもらっても、ちっとも当たらない。

「お龍さんには若衆になってもらうぜ。そうしないと一力には入れないからな」

「よろしおすえ」

お龍も面白いことは大好きである。すぐに小柄な亀弥太の袴を借り、髪をほどいて後ろに結んだ。刀は龍馬のものを借りて一本差し。

「たいした美少年だな」

龍馬は嬉しそうに、若衆姿のお龍を上から下まで舐《な》めるように見た。

「そないじろじろ見んといとくれやすな。うち、かなんわ」

「かなんというのは、嬉しいという意味だろ?」

京女は口癖みたいに言うけれど、そうなのかもしれない。

「では、行こう」

四人で祇園に向かう。方広寺の裏からまっすぐ北へ行けば、祇園は遠くない。

「そのまま三条に出て江戸へ帰らはるんどすか?」

お龍は歩きながら訊いた。高下駄を履いて来たので、ひどく歩きにくい。

「いや、伏見からいったん神戸に行き、そこから蒸気船に乗って江戸に向かう。おれが船将でな」

龍馬は、「船将」というところを嬉しそうに、自慢げに言った。

「蒸気船？　ペルリが乗って来たみたいなやつ？」

「うん、まあ。今度のやつは、黒龍丸といって木造の蒸気船だけどな。でも、アメリカから買ったやつで、そんじょそこらのやつには動かせないぜ」

「凄いですね、坂本さんて」

これはお世辞ではない。じっさい、蒸気船を上手に操るし、荒くれの多い水夫たちも、龍馬の命令にはよく従うらしい。見た目からはとても想像できないが、立派な船将なのだろう。

一力に着いた。大きな門の、これまた大きなのれんを分け、石畳を踏みながら玄関口へ。

ぴかぴかの廊下に手をついた女将の気品ある貫禄《かんろく》に、望月亀弥太は、気後れしたように目を見開いている。千屋寅之助のほうは、初めてではないらしい。

「おいでやす。どちらはんどした？」

怪訝《けげん》そうな女将に、

「ほら。この前、勝安房守さまといっしょに二度ばかり来ただろ」

「ああ、あの大酒飲みの」

と、龍馬を指差して笑った。

「そうそう。今日はこの四人で遊ぼうと思ってな。部屋、空いてないかい？」

「空いてますえ。どうぞ、上がらはって。でも、今宵《こよい》はまた、面白い恰好をしてはりますなあ」

女将は面白そうに龍馬を見て、仲居に案内するよう指示した。

一力は大きなお茶屋である。赤穂浪士《あこうろうし》を率いた大石内蔵助が、ここで遊んだという伝説がある。

龍馬一行は、二階の階段のわきの八畳間に入った。

すぐに酒と料理が運ばれ、まもなく舞妓に芸妓が一人ずつやって来て、たちまち大騒ぎになった。

龍馬は酒が強い。盃《さかずき》で飲むのは最初の一杯で、あとは丼酒である。

お龍も龍馬に勧められるままに盃を干す。

「強いな、お龍さん」

龍馬が感心した。

「うち、酒が強いどすか?」

「顔色がまったく変わらんだろうが」

確かに、飲んでも赤くならないし、気持ち悪くなったりもしない。

土佐の男たちの飲みっぷりは何度か見て知っているが、龍馬の酒はいままで見て来たなかでも際立って陽気である。唄《うた》っては飲み、踊っては飲む。舞妓たちにもどんどん飲ませる。

龍馬が『よさこい節』というのを唄ってくれたが、なかなかいい喉である。顔に似合わず、甘い哀愁がある。

「坂本はん。お金、大丈夫どすか?」

お龍は途中、心配になって訊いた。天下の一力茶屋。小判を何枚取られるのか、京都育ちのお龍にも想像がつかない。

「なあに、足りなかったら、勝先生の海軍につけておくさ」

「豪気なもんどすなあ」

呆れて言った。お金のことはあまりきっちりしてなさそうである。

気がつくと、隣に座った舞妓が、お龍の横顔をじっと見ていた。

「ん?」

「どちらのお家どす?」

「家?」

「やっぱり土佐どすか?」

「いや、おれは江戸から来たんや」

できるだけ低い声を出して言った。

「まあ、江戸から。京は物騒どすから気ぃつけとおくれやす」

「そうだな」

「それで、また来とおくれやす」

視線が熱っぽい。どうも気に入られたらしい。男装とわかっているのか。

お龍は、舞妓の膝をぽんぽんと叩いてから、

「おい、易者。おれの未来を占ってくれ」

と龍馬に言った。

「わかった」

と龍馬は言い、手をぐにゃぐにゃさせるように動かしながら、お経だか呪文だかわからない言葉を呻き始めた。

「とんがらばったあ、きゅうれすら。はらぴらぴっち、はらぴっぴ」

「なに、それ?」

「呪文占いというやつだ。こうして、神の言葉が下りて来るのを待ってるんだ。きょうらあ、ちょうらあ、ぺりるれろ、さもはらきんぼう、めたまだら」

そのしぐさと、明らかにでたらめっぽい呪文がおかしいので、舞妓たちもひっくり返って笑っている。

「くらまらとんや、とれだんば……お、来たぞ、来たぞ。こりゃあ昨日の天気を当てるくらいにかんたんだ。汝《なんじ》楢崎龍は、やがて坂本龍になるだろう。二匹の龍は、やがて一つにくっつくであろう」

「もう、嫌やあ」

お龍は笑いこけたが、舞妓は変な顔をしている。それが面白くて、また大笑いになった。

2

大笑いしているその合間に、お龍は下でなにか緊張感のある声を聞いた気がした。お龍は勘がいい。

「坂本はん、ちょっと静かにして」

「なんだ？」

「下で誰かが……」

と言いながら、お龍は階段のところにしゃがみ込み、下の玄関あたりをのぞいた。浅葱《あさぎ》色でだんだら模様の羽織を着た男たちがいた。新選組のお揃《そろ》いである。伏見の〈大文字屋〉でつくらせたと自慢しているらしいが、京都の人間は陰で田舎臭いと馬鹿にしている。

「しっ、新選組や」

「新選組……」

龍馬たちも緊張した。舞妓が怯えた顔をした。

龍馬はすぐに、お龍が持っていた刀を寅之助に渡し、自分は懐からなにか黒いものを取り出した。初めて見たが、それがなにかはわかった。短銃だった。

「局長か？」

龍馬が小声で訊いた。

「たぶん、違うと思う」

三人いるが、皆、同格ふうである。

「浪士どもだろう、あんなふうに騒ぐのは」

と、新選組の隊士が言う声がした。

「上がって来るかもな」

お龍の後ろで亀弥太が言った。ちらりと見ると、お膳の脚を摑んで持っている。

だが、女将は落ち着いたものである。

「ああ、あれは五条の薬屋さんたちどす。そんな怪しい者じゃおへんえ。こう見えても、うちはちょっとは名の知れた一力どす。臭い客ならあげしまへん。嘘とお思いなら、どうぞおあがりなさって。そのかわり、うちはちょっとお高《たこ》うさせてもらってますえ」

そう言って、煙草《たばこ》の煙を新選組の隊士に吹きかけるようにした。

「わかった。怪しい者が来たときは、すぐ新選組に報せるようにな」

そう言い捨てると、出て行ったようだった。

「そろそろおれたちも帰るか」

と、龍馬が言った。

「ちょっと待って」

お龍は表通りに面した窓の障子を少し開け、外を見た。向こうのお茶屋の軒下に、さっきの三人が立っている。

「前で待ってる。出て来るのを確かめるつもりみたい」

「よし。裏から出るか」

龍馬がそう言うと、

「新選組の糞《くそ》ったれが。いつでもやってやるぜ」

亀弥太が息巻いた。

「亀、早まるんじゃなか。おれがおらぬときも、じっとしとれよ」

「だが、坂本さん」

亀弥太は不服そうである。

「まだ早いぜよ、命を捨てるのは」

龍馬は命令するように言って、階段を下り、裏口に回った。

外に出た。一力の裏手は、建仁寺の塀沿いの細道になっている。竹を垂直に並べた独特の建仁寺垣が、夜目にも涼しげで美しい。蛍が町なかの小川に沿って点滅しているのも、京ならではの風情である。

寅之助と亀弥太が先を行き、龍馬はお龍の手を引いてくれた。

「お龍、おれは面白いだろう?」

龍馬が歩きながら訊いた。道が細いので、身体《からだ》と身体がぶつかる。

「面白いと言うより変」

「変か。変な男は味がいいんだぞ」

妙な売り込み方もあったものである。

「坂本はんに魅力があるのは認める」

と、お龍は息を切らしながら言った。

「だったら、付き合え」

「でも、やめとく」

「なんで?」

「うちは幸せになりたいんや。幸せを目指すなら、やっぱり坂本はんは怖い」

寅之助と亀弥太が、先の道を曲がった。すると、突然、龍馬が足を止め、お龍を巻くように抱き締めると、すばやく口を合わせ、ぶうと音を立てて吸った。龍馬の分厚い唇で食べられたみたいな、変な感触だった。

「アメリカ人の別れの挨拶だぞ」

「そうなん？」

「おれはアメリカ人ではないけどな」

龍馬は憎めない男だった。

3

それから六日後――。

龍馬は品川沖に黒龍丸を泊めると、すぐに赤坂今井谷、盛徳寺裏の勝安房守の屋敷にやって来た。幕府の重鎮のわりには小さな屋敷だが、これでもこの前の家や、幼いときに住んでいた家と比べたら、極楽にある御殿のようなのだそうだ。

「ただいま、参りました」

「よう、坂龍、来たかい」

ところが、勝はなにやら慌ただしそうにしている。

「先生、どこかへお出かけですか？」

「そうなんだよ。おめえさんと入れ違いで京都に行かなくちゃならなくなった。いろいろ相談もしたかったんだがな」

龍馬も忙しい男だが、勝はもっと忙しい。

「いっしょに上洛《じょうらく》しましょうか?」

「だが、こっちで海軍操練所のことでやっておいてもらいてえことがあるのさ。それに蝦夷《えぞ》地《ち》のことだっていろいろ仕度があるだろ」

「わかりました」

蝦夷地のことというのは、龍馬の案で、京都周辺に集まっている浪士たちに無駄死にさせないためにも、蝦夷開拓という新しい仕事をさせようと思っているのだ。それには蝦夷に詳しい人たちの話を聞き、計画を詰めないといけない。

「どうだい、京都は?」

「なにやら殺気立ってますよ。気をつけてもらわないと」

以前は、土佐の暴れん坊で岡田以蔵《いぞう》という男を、勝の用心棒につけていたことがある。だが、その以蔵はどこかにいなくなってしまった。おそらく以前やった暗殺の件で、京都の町奉行所から追われているのだ。

もっとも勝は、小柄だが剣は免許皆伝である。相撲も強くて、龍馬は投げ飛ばされたこともある。

「弱ったもんだな。会津も新選組なんぞにまかせねえで、てめえんとこでしっかりやってくれたらいいじゃねえか」

「そうなんですよ」

「ま、腹も減ってるだろ。飯を食いな、飯を」

勝はそう言って、旅仕度にかかった。

勝の奥方のお民が、龍馬に飯を出してくれた。茄子《なす》の煮物に、小魚の佃煮《つくだに》。京都の味に慣れると、やはり江戸の味は塩辛い。

「うちの人、坂本さんがよっぽどお気に入りみたいよ」

お民が、小声で言った。

勝の奥方も独特の魅力がある。なんでもかつては深川で芸者をしていたらしい。勝は「惚れられた」と言っているが、たぶんお民は「しつこく口説かれた」と言うだろう。

「そうですか」

「そりゃそうよね。あんな変ちくりんな人を、先生、先生と慕ってくれるのは坂本さんだけだもの」

「そんなことはないでしょう。船をやる男は皆、勝先生を尊敬してますよ」

とは言ったが、勝を嫌う者がいっぱいいるのは事実である。

勝の口の悪さやアクの強さに、辟易《へきえき》する人が多いのはわかる。だが、いざというときに頼りになるのは、こういう人なのだ。

真面目《まじめ》な優等生ではない。しかし、高いところから大きな流れを見ることができる。遠くまで見通せる。それこそが本物の知恵者だろう。大刀より切れる小刀。日本一の短刀。龍馬が秘かにつけた綽名である。身体が小柄なので、どうしても短い刀を想《おも》ってしまう。

——おれも、そういう男になりたい。

仕度を終えたらしい勝が、まだ飯を食べている龍馬のわきに座った。龍馬はもぐもぐしな

がら、

「じつは、京都に好きな女ができてしまいまして」

と、言った。

「ほう」

「これがいい女でして」

言いながら、龍馬はつい笑ってしまう。

「だが、おめえさんは江戸にも女がいるんじゃないのかい？　確か、千葉道場の娘だったんじゃねえか」

龍馬はなんでも勝に話している。

「あれとは別れました。あの人は、おれのような男じゃなく、しっかりした武士に縁づいたほうがいいんですよ」

さすがに京都まで追いかけて来たことは言いたくない。

「ふっふっふ。勝手な理屈だよ、それは」

「そうでしょうか」

「ま、男と女も縁だからな」

ちらりと台所にいつお民を見て言った。

「そういうものですか」

もっともいまの時点では、龍馬が勝手に惚れているのである。

龍馬は神戸を発《た》つとき、お龍に二度目の文を書いて来た。恋文というのは、書くほどに気持ちが盛り上がる。また、自分の考えをうまく整理できたりもする。龍馬はふつうの文だけでなく、恋文を書くのも大好きだった。

当然、すでに届いているはずだった。

第五章　血塗られた池田屋

1

江戸に向かっているはずの龍馬からの文がお龍に届いたのは、六月五日の夕方だった。神戸で飛脚に託したのだそうだ。

この日の京都は、祇園御霊会《ごりようえ》（祇園祭・当時は六月七日にも山鉾《やまぼこ》巡行）の宵々山。町中に、祇園囃《ばや》子《し》の音が鳴り響いている。朝からひどく蒸して、お龍は何度、井戸水で濡《ぬ》らした手ぬぐいで身体を拭いたかわからない。開いた龍馬の文も、額から落ちた汗で、何か所かは滲《にじ》んでしまった。

一力茶屋での別れの宴、本当に嬉しかった。
また楽しかった。
新選組も芝居の悪役のように、宴をいろどってくれた。
若衆姿のお龍さんも、じつにきれいだった。
満開の桜の枝に、梅と藤と菊がいっしょに咲いたみたいだった。
しかも、お龍さんは、おれたちと気さくにいっしょに遊んでくれた。
おれの家は、土佐では郷士と呼ばれる下級武士で、しかも本家は商売人。
だから、おれは半分は商人みたいなもので、
格式張った武士の暮らしは疲れてしまう。
そういうおれだから、堅苦しい武士の女とは
とてもじゃないが付き合えない。
といって豆腐屋の莫連《ばくれん》娘みたいに柔らかすぎる娘とも付き合えない。
男と女がいっしょに暮らしていくのには、
どっちかが無理をするようなのは駄目だろう。
お龍さんは、はんなりなのにチャキチャキしたところもある。
たぶん京女のなかでは変わり種なのだろう。
おれも変わり種とよく言われる。
だから、お龍さんといると、楽しいし、
妙な気を使わずに済むのだと、合点いたし候。
そんな二人が、よくぞめぐり会ったと、
おれは一人、感心している次第にて候。
次に京都へ行ったときには、
なんとしても祝言を交わしたく切に切に思い候。

龍より龍へ。

――なんやろ、これ。

ずいぶん都合のいい文で、お龍は呆れてしまう。

だが、可愛《かわい》いかもしれない。可愛い男というのはいいと思う。というより、女は可愛いという感情に弱い。女は可愛いと思えるものがあれば、それだけで生きていける。それくらい大切な感情なのだ。しかも、この気持ちは、いつ、何に向かうかわからない。犬や猫、あるいはもっと思いがけない生きものに向かったりする。簪だの茶碗だの風鈴だの、心のない物品ごときに向かったりもする。そして、好きになどなるはずのない男にも。

――かなんな。どうしよう。

坂本龍馬を可愛いと思ってしまった。そうなると、面倒を見てあげたくなる。可愛いいと思えば、どんな苦労も厭わない。あんな危なっかしい男が可愛くなったら、苦労するのはわかっている。いまのうちならまだ、自分の気持ちをごまかせるかもしれない。

――逃げようか。

京の町には、女が身を隠す場所はいくらだってある。

夜になり、お龍は寝苦しいなかを床に就いた。今宵は〈扇岩〉も祇園祭めあての物見遊山の客で満員になっている。お龍もその分、忙しく、身体はぐったりしてしまうくらい疲れた。夜中に外がやけに騒がしいのに気づいた。酔っ払い同士の喧嘩かと思ったが、いつまでも収まらない。それどころか、「新選組」という声もする。

重い身体に気合を入れると、床を這《は》い出て、裏口から通りをのぞいた。女将がすでに出ていて、北のほうを見ている。

「なにかあったんどすか、女将さん?」

「新選組が、浪士はんたちが集まっていた三条の池田屋に斬り込んだそうや」

「新選組が……」

「長州や土佐の浪士はんたちが、大勢、斬られはったみたいやで」

「土佐の」

長州の浪士と土佐の浪士は、ずいぶん違うような気もするが、いっしょになにかしでかしたのだろうか。

胸騒ぎがする。

「ちょっと見て来ます」

「やめとき。危のうえ」

女将には止められたが、お龍は池田屋に向かった。

詳しい場所は知らなかったが、野次馬たちに訊きながら三条のほうへ進んで行くと、御用提灯に取り囲まれた池田屋の前に出た。

三条通りに面してはいるが、さほど大きな宿屋ではない。間口は五間ほどか。だが、その前はたいそうな人だかりになっていた。揉まれながら、お龍は前に出た。なぜ、あたしはこんなことをしているのか。だが、龍馬に替わって見ておかなければいけない気がした。

斬り合いはすでに終わったらしいが、凄《すさ》まじい光景が広がっていた。

何人もの遺体が、筵《むしろ》もかけずに店の前に並べられていた。皆、血まみれで、腕のない遺体もあった。血の臭いが野次馬がいるあたりまで漂ってきて、胸が悪くなった。

生きたまま縛り上げられている浪士もいたが、そのなかに知った顔はなかった。

「新選組というのは、どれだけ強いんやろ。相手は二十人以上いたのに、たった四人で斬り込みよったそうやで」

「ああ、見てみい。あれが局長の近藤勇や」

「ははあ。ありゃ、強そうや」

などと話している野次馬に、

「浪士はんたちは全滅どすか?」

と、お龍は訊いた。

「逃げたのもいるけど、そっちのほうで捕まって、斬られたのもいるみたいやで」

「そうなんどすか」

周りを見ると、土佐藩邸のほうにも小さな人だかりがある。

お龍はなんとなく不吉な予感がして、そちらに足を向けた。

男が一人、横になっていて、それを新選組の隊士が確かめていた。

その倒れていた男の顔を見て、お龍は息を飲んだ。

望月亀弥太が死んでいた。どうやら土佐藩邸の前まで逃げて来たが、入れてもらえず、ここで腹を切ったらしかった。

「なんてこと」

亀弥太は、龍馬より堅実で、危なっかしいことはしないと、そう思っていた。その亀弥太が、龍馬のいない京都で死んでしまった。

――せめて遺髪を。

そう思ったとき、近くにいた野次馬のなかから、

「大仏のほうにも新選組が向かったそうやな」

という声がした。

――あ、大変や。

お龍は、耳にするやいなや、方広寺に向かって駆け出した。

まだ月は細く、提灯も持っていないが、今宵はあちこちに常夜灯が出ているし、心配そうに外を見ている家の明かりなどで、道はよく見えている。

息を切らしながら、大仏裏の隠れ家にやって来ると、

「わっ、お姉はん」

お起美が泣きながら飛びついてきた。

「どうしたん?」

「お母はんが、お母はんが」

「しっかり言いや」

お龍は叱った。

「侍たちに連れて行かれた」

「なんやて」

家のなかを見回すと、押し入れの襖《ふすま》が外されたり、天井に槍《やり》を突き立てたりした跡がある。

志士が隠れていないか、調べたのだろう。

まさか女にまでひどいことはしないとは思うが、さっきの光景を見てしまったら心配で堪《たま》らない。一睡もできず、お貞の帰りを待っていると、

「あ、お龍。来てくれたんやな」

と、もどって来た。すでにあたりは明るくなっている。

「よかったぁ、無事やったん」

「なんとかな」

お貞はへなへなと玄関口に座り込んだ。

「新選組が来たんか?」

「ううん。会津藩や。聖護院《しょうごいん》の藩邸に連れてかれて、浪士を匿《かくま》っていたやろと責められたん。けど、なんも知らんと言い張って、帰してもろた」

会津藩主の松平容保《かたもり》は、京都守護職になっている。新選組はその下で働く先兵のようなものなのだ。

「望月はんは死なはったで」

と、お龍は言った。あのむごたらしい死にざまを思い出し、お龍は思わず両手で顔をふさいだ。

「そうか。元山七郎はんもや」

「ええっ」

「池田屋からはどうにか逃げたらしいんやけど、途中、会津藩の藩兵に見つかり、戦って斬られたんやて」

「そうなん……」

元山七郎とは、本名を北添佶摩《きたぞえきつま》といい、土佐藩士である。大仏裏の隠れ家にもときどき来ていた。蝦夷にも行ったことがあり、龍馬は北添の話を聞き、蝦夷地開拓の夢をふくらませたらしい。

その元山まで亡くなったと知ったら、龍馬はずいぶんがっかりすることだろう。

それにしても、新選組はこのところ志士たちの動きを追いかけ、見張っていたのだ。あのとき、一力茶屋で新選組と出くわしていたが、あれだってじつは恐ろしく危ない状況だったのかもしれない。

もしも、龍馬が変装などしていなかったら？　あるいは、一力茶屋の女将さんがうまいこと追い払ってくれなかったら？

お龍は背筋がぞっとした。それから、

——あの人、運がいいのかも。

と、思った。

2

池田屋の騒ぎのせいで、祇園御霊会はどことなく血腥《なまぐさ》い空気が漂っていた。それでも、千年つづく祭りが始まってしまうと、町人たちは攘夷も開国もなくなる。山鉾の巡行が、この世の動きそのものになってしまうのだ。

その祭りのあいだを縫うように、会津藩兵や新選組の浪士狩りはつづいていた。

五日ほどして、ようやく市中が落ち着いたころ。

扇岩に突然、新選組が現われた。なんと、局長の近藤勇である。お龍は、先日の池田屋の前でも見かけている。

お龍は緊張しながら、玄関口に両膝をついた。女将もいるはずだが、出て来るつもりはないらしい。

見回りかと思いきや、

「あんた、お龍さんだな?」

と、近藤は訊いた。

「はあ」

「ここで働いているのか?」

近藤はそう言って、奥のほうをのぞくようにした。

「怪しい人などいやしまへんで」

「いや、今日はそれではない。お龍さんと話がしたくてな」

近藤は、じいっとお龍を見つめてきた。弁慶石が京の三条あたりにあったが、あの石でも削ったようにごつい顔で、目は銭でも入れたくなるくらいに細い。

お龍は怖いのを我慢して、胸を張った。

「なんの話どす?」

「お龍さんは独り者だと聞いた」

「だったら、なんどす？」

「わしが面倒見てやってもよいぞ」

「うちは、こう見えても、囲われ者ですのん」

そう言って断るのが、角が立たない。

「そんなことはどうでもよい」

どうせ無理やり奪うからか。

お龍はそっぽを向いて、なにも話さないことにした。すると近藤は、

「これはお龍さんに買ってきたものだ」

袂から櫛《くし》を出し、お龍の前に置いた。ちらりと見ると、鼈甲《べっこう》の上等そうなものである。

「こんなん、受け取れまへん」

「いや、これはわしからではないのだ。土方《ひじかた》くんといって、新選組の副長をしている男からなんだ」

急にドギマギしたように近藤は言った。

「では、その土方さんにお返し願います」

「恥をかかせるな。また来るぞ」

無理やり押し付けて行った。

「なんやろ、あれは」

お龍はむかむかして来た。よほど捨ててやろうと思ったが、それでは受け取ったと誤解されてしまう。やっぱり返しに行くことにした。

新選組の屯所は壬生寺《みぶでら》にあると聞いている。洛中にあったはずだが、行ったことはない。七条通りに出て、西へ向かい、西本願寺の先を右に曲がり、しばらく行って左に折れた。壬生寺はすぐにわかった。

樹木の少ない、どことなく殺風景な趣の寺で、前の道や境内に新選組の隊士がうろうろしている。そのうちの一人に、

「土方はんは？」

と、訊いた。

「副長ならそこに」

本堂の横の座敷を指差した。新選組の羽織を着た男が、寺の小坊主になにか言っている。そのそばに行き、

「土方はんどすか。これ、お返ししますよって」

お龍はいきなりそう言って、櫛を縁側に置いた。

「ん？」

涼しげな顔をした男が怪訝そうにお龍を見た。なんとなく新選組には似つかわしくない容貌をしている。このあいだの池田屋の前にこの男がいたかどうかは、記憶にない。

「近藤はんから、土方はんがうちに渡すよう言われたと」

「はっはっは。それは違う。近藤さんからだ。あの人は照れ屋だから、ときどきそういう嘘を言うのさ。もらっておけ」

「いいえ、お返しします。ごめんやす」

お龍はすばやく踵《きびす》を返し、さっさと壬生寺を後にした。

3

江戸の龍馬は、池田屋の騒ぎをまだ知らない。

黒龍丸で神戸に向かった勝安房守から、船の調子が悪いので順動丸を伊豆の下田まで持って来るように連絡が来て、龍馬は下田へ行き、調子の悪い黒龍丸で江戸にもどったりしていた。

港に船を寄せる龍馬の船将ぶりを見ていて、

「うまくなったな、坂龍」

と、勝に褒められた。

すっかり気をよくして赤坂の勝邸にもどって来た翌日、千葉佐那が訪ねて来た。

「坂本さま。お久しぶりです」

「佐那さん……」

頬に白刃を突きつけられたような気持ちになる。佐那には申し訳ないが、むしろ怖さが先に立つ。

ここにいることを誰に聞いたのか。ずっと佐那に跡をつけられている気がした。

「外に出よう、外へ」

慌てて龍馬も外に出た。

坂を上がって、氷川明神の境内にやって来た。ここには銀杏《いちょう》の巨木が何本も立っていて、夏でもひんやりする。

「祝言はいつになりますか?」

と、佐那が訊いた。

「あ、いや、それは無理だ」

「でも、お約束していただいていますが。武士の約束、男の約束を」

「それは……」

あんたが無理やり言わせたのだろうと言いたい。が、うなずいてしまったのも覚えている。武士に二言はないことになっている。

改めて見ても、千葉佐那は美人である。江戸前の顔で、化粧のせいもあるのか京ではあまり見かけない。きりりとして、こういう顔立ちは龍馬の好みではある。だが、いつも真剣を突き立ててくるような、この態度はやはりきつい。恋にはやすらぎが欲しい。

「佐那さん。おれは勤皇の志士だ」

と、龍馬は言った。

「それが?」

「間違いなく命を落とす」

「でも、生きていらっしゃいます」

「しかし、いずれ、かならず」

そうは言ったが、できるだけ先に延ばすつもりでいる。まだまだ船に乗りたいし、海の向こうの国もこの目で見てみたい。

龍馬は佐那の反応を窺《うかが》いながら、銀杏の葉をむしって匂いを嗅いだり、狛犬《こまいぬ》の頭を撫《な》でてみたりしている。なにか動いていないと間が持てないのだ。

そんな龍馬を、やんちゃな子どもを叱るような生真面目な目でじっと見て、

「そういえば、京都では勤皇の志士たちが新選組にずいぶん斬られたそうですね。池田屋とかいう宿で」

と、佐那は言った。

「だから、おれが言ったとおりだろうが。佐那さん。おれはこれから、幕府の偉い人と会わなければならぬ。帰ってくれ」

嘘ではない。勝が信頼する幕臣の大久保忠寛《ただひろ》（後の一翁《いちおう》）に会って、京都の情勢を報告することになっているのだ。

「わかりました。では、また」

千葉佐那は一礼し、引き返して行く。

その颯爽とした後ろ姿を見ながら、

――池田屋で新選組というのは、なんの話か？

と、龍馬は首をかしげたのだった。

第六章　焼け野原で

1

坂本龍馬は、市ヶ谷御門に近い表六番町通りにある幕臣の大久保忠寛の屋敷を訪ねた。もう何度か来たところである。

門から玄関口までは、石畳になっている。石は平らにした大谷石などではなく、丸みを帯びたさまざまな色合いの自然石である。それに打ち水がしてあって、いかにも涼しげだった。京都の、三人で飲み食いすると二両も取られるような料亭みたいである。

このあたりは、広い庭を持つ旗本屋敷が並んでいる。夏の終わりを告げる線香花火みたいに弱々しい蟬の声が、周囲に満ちていた。

大久保忠寛が庭に出ているのが見えた。

幕府きっての開明派である。勝麟太郎《りんたろう》（海舟）を見出《みいだ》し、重用したのもこの人だった。勝の師匠と言ってもよく、勝の弟子である龍馬からしたら、大師匠に当たる。

この二年前の文久二年（一八六二）、大久保が大目付兼外国奉行や御側御用取次《おそばごようとりつぎ》の職にあったころから、大政奉還論、大開国論を主張した。ために、左遷されたり、免職の憂き目に遭っていて、いまも謹慎の身である。

大久保の大政奉還論とは、

「朝廷に、攘夷などは国のためにならぬと申し上げ、それでも攘夷をしたいと突っぱねるなら、政権を奉還し、徳川家は家康公の旧領を請い受けて一諸侯になればいい。そのほうが徳川の美名は千歳に伝わるであろう」

というものだった。

これは、松平慶永《よしなが》（春嶽《しゅんがく》）や横井小楠《しょうなん》でも至ってはいない大久保の独創である。勝や龍馬も、この影響を受けた。

屋敷の下男が声をかけようとしたのを制して、龍馬は野菜畑で茄子の実り具合いを見ていたらしい大久保に近づいた。

「先生」

「お、坂本か」

龍馬の顔を見ると、大久保は謹厳そうな顔をさっと曇らせ、

「新選組とやらが、とんでもないことをしてくれたようだな」

と、言った。龍馬が秘かにつけた綽名は、あと少しで悟りそうな釈迦《しゃか》。大人になってしまったおたまじゃくしでもいい。

「わたしもちらりと聞きましたが、わたしが京を発ったあとのことのようです。なんなのです、その話は？」

龍馬のほうが訊いた。

「坂本はまだ聞いてないか。新選組が池田屋に集まっていた長州藩士や土佐藩士に斬り込みをかけ、ずいぶん死んだらしいぞ」

「土佐藩士もですか」

「そうらしい」

「なんと……じつは、京都はますます殺気立ち、新選組がそれをかき立てるように町中を横行しているとお伝えしようと思ったのですが」

「おそらく長州も黙ってはおるまい。土佐はどうかな」

胸騒ぎがしてきた。

「たしかに心配になってきました。ちと、土佐藩邸に行って、訊いてみます。今日は、大久保さまと、薩摩《さつま》と長州を結びつける話をしたかったのですが」

これも大久保が言い出したことである。

「そうすれば、幕府も雄藩に対し、ちゃんと向き合うだろうと思ったのだ」

「なるほど。とにかく無駄な争いは避けないといけませんな」

「そうなのさ」

大久保は、お前はわかってくれているというようにうなずいた。

「その話はいずれまた」

踵を返そうとする龍馬に、

「茶の一杯も飲む暇はないか?」

と、大久保は声をかけた。話し相手が欲しかったのだろう。

「土佐の仲間が心配です。京都の勝先生も」

龍馬はそう言って、その足で築地に向かった。

築地には土佐藩の中屋敷がある。かつて龍馬が二度、江戸に剣術修行に来た際、ここに滞在した。

とはいえ、いまは藩士ではない。今年の二月に、勝のもとにいる土佐藩士に国許《くにもと》から帰国命令が出た。だが、龍馬はこれを無視しつづけたため、自然と二度目の脱藩ということになっていた。

門番に頼み、土佐で同じ町内にいた安岡萬太郎を呼び出した。綽名は万年老人。あるいは、若き日の福禄寿。

安岡は龍馬の顔を見て、

「あ、龍馬。おぬしは何度、脱藩すれば気が済むのだ」

と、得意の説教を始めようとした。

人の好さは無類といってよく、龍馬の脱藩が許されたときは、涙を流して喜んでくれたものである。争いごとは好まないが、もともと政《まつりごと》には不向きである。そういう藩士もいっぱいいて、むしろ平時はそんな連中といっしょにいたほうが楽しいくらいである。

「ま、それはあとだ。それより、京の池田屋でなにかあったそうだな?」

と、龍馬は訊いた。

「ああ、こっちには一昨日、話が来て、今日も朝から大騒ぎだ」

「土佐藩士もやられたというのは本当か?」

「本当だ。望月亀弥太と北添佶摩が死んだ」

「なんだと」

龍馬は愕然《がくぜん》となった。

「ほかにも、伊藤弘長と、越智正之も、斬られて死んだらしい。まだいるかもしれぬし、逃げた者もいたらしい。詳しいことはまだわからぬのだ。わしはてっきり、龍馬も巻き込まれたかと思ったぞ」

「馬鹿言え。おれは、亀弥太にはけっして早まるなと言うちょった。馬鹿たれが。なんてまた……」

龍馬は頭を掻《か》きむしった。蓬髪《ほうはつ》が乱れ、真冬の荒れ野のようになった。

2

「しっかりしいや、お母はん。起美もやで」

お龍は母のお貞と妹の起美を励ましながら、山道を登っている。東山連峰のどの頂上を目指しているわけではない。下から来る京の町衆たちに押されるように上に向かっている。お龍たちだけでない。皆、家財を背負い、山の上へと逃げて来ている。山道は細く、息が切れて急いでは登れないため、長蛇の列となった。

十日ほど前から戦が始まるかもしれないという噂はあったのだ。

池田屋での斬り込みの復讐《ふくしゅう》のため、長州藩が軍勢を京に入れた。それは、嵯峨と山崎と伏見に待機していた。

一方、会津藩と薩摩藩がこれを迎え撃とうと兵を出している。

なにやら話し合いがおこなわれているそうで、長引くにつれ、町衆のあいだでは収まるだろうという見方が多くなっていたが、七月十八日の夜中に、とうとう戦が始まってしまった。

お龍はいつでも逃げられるように、荷物をまとめ、食糧も用意し、お貞と起美といっしょに大仏裏の家にいたが、始まったという報せに、すぐに裏の山へ入った。

朝のうちはまだ麓あたりにいたが、昼ごろになると、もっと上まで逃げたほうがいいという声が聞こえてきた。大砲の撃ち合いになっていて、弾はどこに飛んで来るかわからないというのだ。

確かに、ここまで凄まじい音が聞こえている。

「もう、うちはあかん。ここで死ぬ」

お貞が途中でしゃがみ込んだ。

「なに言うてますねん」

太閤はんのお墓に行く道だった。

ふだんは京の町が見渡せる気持ちのいい場所だったが、いまはそれどころではない。だが、徳川の天下が怪しくなって、太閤はんは喜んではるかもと、お龍はちらりと思ったりした。

お龍は風呂敷から、用意しておいた握り飯を出し、

「こういうときはしっかり食べなや。食べんと元気がわかへんさかい」

二人に勧めながら自分も食べた。腐らせないよう梅干しをいくつもまぶしたため、やたらとしょっぱい味がした。

そのうち、上のほうから、

「御所に火がついたらしい」

という話が伝わって来た。

「なんやて」

お龍は目を瞠《みは》った。まさか御所に被害が及ぶとは思いもよらなかった。

「天子さまはどうしはったんやろ」

お貞がつぶやいた。

噂が伝わって来る。

「長州はんが逃げるついでに火いつけよったみたいや」

茶の湯の師匠のような姿の男が言った。

「長州はんがそないなことしますかいな」

と、お龍は反論した。長州の志士は、早くから帝のためにと主張してきた。その長州がなぜ、御所に火をつけなければならないのか。

お貞と起美を待たせたまま、お龍は洛中が一望できるところに行った。そこには、ほかにも大勢、ようすを見に来ている。

「ああ」

思わず声が洩《も》れた。一目で火事が燃え広がっているのが見て取れた。

「堺町御門のあたりから火が出たんや」

と、誰かが話している。

いまは、南はもう二条通りを越え、妙満寺から本能寺にも火が入っているように見える。

お龍が生まれ育った柳馬場三条下ルのあたりも、焼けているに違いない。

「皆、逃げはったやろか」

懐かしい知り合いの顔が浮かんだ。お貞をまた、あの辺に住まわせてやりたかったが、これで未練も断ち切れた。どこへ行こうが、生き抜くことがいちばん大事なのだ。

西のほうへは、竹屋町通りに沿って火が走っている。先端はもう堀川のところまで届いているのではないか。

御所に目を凝らしたが、そちらは焼けているようすはない。堺町御門あたりの火は、北には行かずに済んだらしい。

「戦はどうなったんやろ」

お龍がぽつりと言うと、隣にいた商家の手代ふうの男が、

「戦は終わったみたいだ。長州が逃げて行くわ。ほら、あっちにも、あっちにも」

嵐山のほうと、伏見のほうを指差した。

「戦は終わったけど、この火事は収まらんえ。どうしてくれるん」

五十くらいの肥《ふと》った女が、憎らしそうに言った。

「ほんまや。やっとうまく行き始めた商売が、すべて灰になってしもうた」

四十くらいの男が、声を上げて泣き始めた。

すると、泣き声がこの周囲にいる人々にも広がって行った。

のちに、京の民が〈どんどん焼け〉と呼んだ火事である。

結局、町は三日と二晩、燃えつづけ、一条から七条あたりまで、京のおよそ三分の二が焼

け野原となった。

半日で終わった戦のほうは、のちに〈禁門の変〉などと呼ばれたが、京の町衆からしたら変どころではない。〈甲子《かっし》の戦争〉と呼んだ。

それほど被害は甚大だった。

当初、長州が火をつけたという噂が広まったが、火事が収まるころには、

「火をつけろと命じたのは、一橋慶喜《ひとつばしよしのぶ》さまだったそうや」

という話がまことらしいとなっていた。

「そうやろ。うちは長州はんがそないなこと、するわけあらへんと思うとった。それにしても、一橋さまはひどいことしやはる」

お貞はくどくど愚痴をこぼしつづけた。

3

翔鶴丸《しょうかくまる》は、もとはアメリカで商船として建造された外輪式の蒸気船だが、いまは武装を施して、幕府海軍の旗艦となっている。龍馬はこの翔鶴丸を、「京に異変あり」ということで、品川沖から出航させた。龍馬が船長である。大坂や京に向かう幕臣も大勢乗っている。それほどの船の船長を務めるというのは、気分がよかった。

出たのは、禁門の変の二日後だったので、まだ報せは入っていない。

だが、神戸の港に着くとすぐ、海軍操練所の連中から京の戦乱のことを告げられた。操練

所内に飛び込み、

「勝先生、なにがどうなりました？」

と、訊いた。

「池田屋のことは聞いたかい？」

「聞きました」

「あれで長州がいきり立ち、松平容保の京都守護職を解任するよう帝に談判を申し込んだりしていたようだが、帝の返答がない。我慢できずに戦の口火を切ったのさ。一時は御所のなかへずいぶん押し込んだようだったが、薩摩藩の反撃で撃退されたのよ」

「そうですか」

結びつけようとしていた薩摩と長州が争ってしまった。これでこの構想はもう浮かび上がらない。

「京は火の海になったよ。ずいぶん人も死んだはずだ」

「おれも見て来ます」

と、龍馬は言った。

「やめとけ。まだ、新選組が残党狩りみたいに歩き回ってるぜ」

「いや、なんとしても助けたいおなごがいまして」

「このあいだ言ってたおなごかい？」

「はい」

いまごろは途方に暮れているだろう。いや、もしかしたら炎に巻かれてしまったかもしれない。

「家が焼けてたら、ここへ連れて来てもいいぜ」

「ありがとうございます」

勝に礼を言い、京に向かった。

大坂まで出て、舟で伏見に着いた。

このあたりでも戦があったらしいが、町は焼けてはいなかった。ただ、焼け出されて来たらしい一家が、橋の下で煮炊きをしているのが目に入った。

いままで何度も宿泊したことがある船宿の〈寺田屋〉に顔を出した。女将のお登勢《とせ》は、江戸の下町にでもいそうな気っ風のいい女で、俠客《きようかく》のようなところがある。公言はしていないが、志士の贔屓《ひいき》であるのは明らかで、龍馬などもたいそう可愛がられている。

「坂本はん、京に行かはるの？」

お登勢が心配そうに訊いた。

「ええ」

「駄目。新選組がこのあたりまで残党狩りに来てるくらいや」

「大丈夫です。おれは、神戸海軍操練所の塾頭だとした勝安房守さまの書状もあるし」

わざわざ広げてみせた。

それでも心配そうなお登勢に、

「じつは嫁にすると約束した女がいるので、捜しに行くのです」

「そうなん。ほな気いつけや」

と、送り出してくれた。

伏見街道を北上する。

洛中はなるほど焼け野原だった。さすがにまだくすぶっているところはないが、胸が悪くなるような焼けた臭いは漂っていた。カラスがぎゃぎゃあ啼《な》きながら集まっているところには、死骸でもあるのか。犬の死骸に目をやると、その先に人の死骸があったりする。それでも大勢の男たちが出て、焼けたまま立っている柱などを倒し、一か所に集め出している。早くも新しい家を建てる仕度に取りかかっている。

多くの寺も焼け落ちていた。あの巨大な東本願寺も無くなっていた。どんなに巨大で黄金に輝く大仏をつくろうが、戦や炎には勝てない。わかっていてもひどく空《むな》しい。

「戦はやってはいかんな」

と、龍馬はつぶやいた。

あれほど家々が櫛比《しっぴ》した都の通りが、折り畳まれてしまったように、遠くまで見通せている。ざわめくようだった人々の暮らしが、いまは風に吹かれてさらさらと流れ去ってしまったみたいである。

だが、一面の焼け野原を見て、逆に龍馬はお龍の無事を確信した。あのきらきら輝く目をした女が、火事ごときで死ぬわけがなかった。むしろ、いっそう活《い》き活きとして、炎をかいくぐり、駆け回るようすが見える気がした。幸い、火は鴨川を越えなかったらしい。川向こうや東山の緑が、染み入るように目に心地よい。

三十三間堂も無事だった。大仏裏の隠れ家をのぞくと、貼り紙が見えた。

青蓮院内の金蔵寺におります
樽崎貞　龍　起美

祇園社を過ぎ、知恩院の向こうが青蓮院である。

境内から奥に向かった。井戸があり、女が背中をこちらに向けて、洗濯をしていた。きびきびとしていた。疲労など感じられない。清流を上る鮎《あゆ》。若葉の森をゆく鹿。満帆で風を受け海原を行く船。

「お龍」

と、龍馬が声をかけた。

振り向くとすぐ笑顔になった。閻魔《えんま》もほころばせるほどの笑み。

「坂本はんやおへんの」

お龍は手を拭き拭き駆け寄って来た。

第七章　龍と龍

1

龍馬の前まで飛ぶように駆けて来たお龍は、一度、手前でふいに羞恥がこみ上げたように立ち止まった。着物の裾が乱れ、赤いけだしが草むらのなかの曼殊沙華《まんじゅしゃげ》のように見えた。曼殊沙華は毒ではなかったか。

だが、龍馬が両手を広げると、

「ああ、坂本はん。ご無事で」

と、腕のなかに飛び込んできた。

小柄なお龍の身体が、魚が跳ねるみたいに龍馬の胸元で躍った。

「そりゃ、おれは無事さ」

「でも、心配どしたえ」

お龍は下から龍馬の顔を見上げたまま言った。泣いているわけでもなさそうなのに瞳が光っている。

「おれがいないあいだに、ずいぶんいろんなことがあったろう」

「そうどすえ。新選組が大暴れして、とんでもないことを」

お龍のきれいな顔が、苦悩のため、ぱりっと割れたみたいに見えた。やけに真面目な顔になった。

「聞いた。亀弥太が斬られたんだってな」

「坂本はんが止めてはりましたのにな」

「ああ」

あれほど早まるなと言ったのである。無駄死にとは思いたくないが、死に場所はほかにあったはずである。

「うちも騒ぎを聞いて、池田屋に駆けつけたときは、もう遅かったどす」

「行ったのか、池田屋に?」

「ええ。望月はんのご遺体も見つけました。池田屋から離れた土佐の藩邸の前で倒れてはりました」

「土佐藩邸の前で?」

それは聞いてない。まさか、逃げ込みたかったのか。それとも故郷に帰りたかったのか。切ない気持ちに襲われる。

「せめて遺髪をと思ったんどすが、新選組が大仏裏の隠れ家に押し入ったいう話を聞いて、飛んで帰ったので、それもでけしまへんどした」

池田屋に駆けつけた、というのもお龍らしい。ふつうの女なら、恐怖で家に閉じ籠もっているだろう。

「わざわざすまんかったな」

「いいえ。土佐藩の人たちにはお世話になってましたさかい」

「だが、お龍たちの暮らしはどうなのだ？　こんなに焼けてしまったら、京都はしばらく商売も難しいだろう？」

すぐにも家々の再建は始まるだろうが、なにせ旅館などは建物がなければ商売にならない。

「そうなんどす。団子屋でもやりまひょか」

こんなときは食いもの屋がいいと、お貞と相談し、団子屋ならやれそうだという話になったらしい。場所はこの青蓮院の門前なら、屋台を出す分くらいは貸してもらえるだろう。ただ、材料を確保するのに難儀しそうだった。

「団子は京の言葉でなんだつけ？」

「いしいしどすか？」

「いしいしなんてマヌケなものは売るな。おれが助けてやる」

龍馬はお龍の肩を軽く叩いて言った。

「坂本はんが」

「おれと夫婦になれ」

「夫婦になれって、嫁にもらわはるのどすか？」

「そういうことだよ」

「こんなんを？」

お龍は自分の顔を指差した。

「そんなんを」

龍馬はお龍の小さな顎を、手のひらで持ち上げるようにした。

「ええんどすか？　後悔しはりますよ」

「それはおれの台詞《せりふ》だ」

「そら、うちのお母はんは喜びますやろ。前から坂本はんにもらって欲しいと言うてはりましたから」

「お母はんよりあんたはどうなんだ？」

「うちは？　うちは、坂本はんのことは好きどすえ」

すこし微妙な顔をした。

まさか断られるのか。京都の女はわからないからな——龍馬の胸に不安が兆した。この女も、心は十二単衣か。

しかし、ここは押しどころである。

「だったら、いいだろうよ」

「でも、なんか怖いんどす」

「あんたに怖いものなんかあるのか？　そんなもの、ないのかと思ってた」

「うちはこれでも女どすえ」

と、お龍は優しく微笑《ほほえ》んだ。

2

「清水の舞台から飛び降りまひょ」

と、お龍は龍馬の申し出を承知して、その日のうちに金蔵寺の本堂で、和尚に媒酌人になってもらい、祝言をあげることになった。

祝言といっても、こんなときだからたいした用意はできない。扇岩の女将には報せようと思ったが、宿は焼けてしまい、行く先もわからない。だから、列席したのは、お龍の母のお貞と、この寺にいる弟の太一郎と、妹のお起美だけ。それでも、寺ではどこからか、お龍の角隠しを用意してくれた。

土佐の坂本家に、お龍を連れて行くゆとりはなさそうである。文で報せることになる。姉の乙女は、さぞや驚くことだろう。

「なにもこんなときに、慌てて祝言などあげなくてもよさそうじゃがな」

と言った和尚は、面白い顔をしていた。

真ん丸い顔で、目も丸く、睫毛《まつげ》がやけに長くくっきりとしている。鼻にはさほど特徴はないが、口は大きく唇がやけに分厚い。笑うとき、ぎゅっと顔をしかめるようにするので、唇がだらしない感じで横に伸びた。綽名をつけると、餅でつくった木魚。

軽口も好きらしく、祝詞《のりと》の代わりの読経を終えると、

「龍馬とお龍。龍と龍の夫婦かい。強そうな夫婦だのう」

などと言った。

龍馬とお龍は苦笑するしかない。

さらに、和尚は龍馬をじろじろ見て、

「しかも、龍馬は、立派な体格をしてはるな」

と、からかうように言った。

「剣術もお強いんでっせ」

と、お貞が自慢げに言った。

「ま、剣術ができるのもよしあしだがな」

和尚がそう言うと、

「そうどすやろ。和尚はん、うちもそれが心配どす。こんな世のなかですよって、なにかあったら、どないしようと」

お龍はふいに心配そうに言った。

勢いで龍馬と夫婦になると決めたが、やはりやめようという気になったのか。

「おいおい」

と、龍馬は困った顔で言った。

「そんなことは気にせんでもよろし。しょせん、人の一生はあっという間や。長くたってたかだか七十年、八十年。それでも、あら、あら、あらーっという間に終わりや。あとのことは仏さまにまかせて、一生懸命、生きなはれ」

和尚は剽軽《ひょうきん》な調子で言った。

といって、ふざけているわけでもなさそうである。これがこの和尚の説教節なのだろう。

「まさに」

龍馬も同感だった。

「もう気づかはりましたやろうけど、うち、初めてやおへんえ」

お龍が済まなそうにそう言ったのは、一度目の交わりのあとだった。

二人は、寺の離れに寝床を敷いてもらっていた。中庭に面した六畳の部屋である。ふだんは茶室のように使っているのかもしれないが、だが、部屋の隅には三尺ほどの仏さまの木像も置いてある。

弥勒菩薩《みろくぼさつ》らしい。穏やかな表情をしている。半眼になっていて、いかにも思慮深そうなお顔である。二人は、弥勒菩薩に見守られながら、夫婦の交わりをしていたのだった。

「なあに、おれだって初めてじゃない」

龍馬はお龍を抱き締めながら、耳元でそう言った。

千葉佐那とは最後まではしていないが、吉原と深川の廓《くるわ》には二度ずつ行っている。

「そら、男はんはそうですやろ」

「あんたみたいな美人を男が放っておくわけないだろう。そんなもの、最初から期待してないよ」

「そんなら、安心しました」

「だが、もう、おれのものだ」

「もちろんどす」

お龍はすがるように裸の胸をつけた。

「うち、坂本はんの子が欲しい」

とお龍が言ったのは、二度目の交わりのあとだった。

二人は汗だくになっていた。

「子か？」

「そう。坂本はんにそっくりのお子」

「ううむ」

自分が人の親になることなど想像ができず、

「それよりも、お龍。坂本はんはよせ」

と、言った。妾にしたのではない。正式な妻にしたのだ。

「では、なんて呼びます？」

「なにがいいかな」

「龍馬はん？」

「なんか、硬いな」

「龍はん？」

「はんて言うのは、京都の男みたいだ」

「龍さん？」

「それでいい」

「うちの龍さん」

お龍は龍馬の耳に口をつけて言った。

三度目の交わりのあと、ちょっと寝てしまい、四度目の交わりが終わったあと、

「龍さんはどんな子やったん？」

と、お龍は訊いた。

「うーん。おとなしい？」

「おとなしい子どもだった」

お龍は信じられないという顔をした。もっとも龍馬は、決して口数は多くはない。

「じゃないかと思う。なにかしゃべっていたという思い出がほとんどない」

「そんなん誰だっておまへんやろ」

「そうか。でも、泣いてばかりいたみたいでな」

「嘘や」

「ほんとだって。おれの姉――乙女姉さんというのだが、その姉が言っていた。泣き虫で、しょっちゅうよその子に、苛《いじ》められて帰って来たって。おれは母親が早く亡くなって、乙女姉さんに育てられたようなものでな」

「そうやったの」

お龍の声に同情が溢《あふ》れた。

朝方、五度目の交わりのあと、

「これはあまり言いたくないいんだけど」

と、龍馬が寝惚《ねぼ》けたような声で言った。

「なに？」

「おれは子どものころ、しょっちゅう寝小便を洩らしていた」

「そうなんや」

「寝小便はいまもときどき洩らす」

「いやや。うち、とんでもない人のお嫁になってしもた」

「いまさら、なしにはできないぞ。もう祝言をあげてしまったから、取り消したらバチが当たるからな」

「そうやね。ま、寝小便くらいは我慢してあげる。浮気さえしなかったら」

「え？　浮気は駄目か？」

「当たり前どすやろ」

「ううむ」

そこは自信がない。

「うちは京の女どすえ。見破りますえ、男はんの嘘は」

「そうなのか？」

「遊ぶところも、遊び方も、よう知ってますさかい」

「わかった。努力してみる」

龍馬は困った顔で言った。

3

この日——。

龍馬は、お龍とお起美を連れて、伏見に向かった。

お龍の弟の太一郎は、これまで通り、金蔵寺に修行僧として残ることになった。また、お貞は、京の北の杉坂口に近い尼寺に伝手《つて》があり、そこで働くという。すぐ下の妹の光枝もお貞といっしょに行くことになった。お起美は、神戸の海軍操練所に預ければいい。塾生の世話をする者が足りないくらいだし、勝に頼めば断られるはずはない。お龍もそこで働かせるという手もあるが、美人過ぎる。航海術を学ぶ若者たちは気が散ってしまってはいけない。なにせ龍馬は塾頭なのだ。そこで、伏見の寺田屋で働かせてもらうよう、女将のお登勢に頼んでみるつもりだった。

これでどうにか、とりあえず楢崎家の者たちが生きて行く道は決まった。家族は離ればなれになるが、生きてさえいれば、また会う望みもあるというものである。

「勤皇か佐幕か、開国か攘夷かで、うちら京の民がこんな目に遭うなんて、お武家衆はなんとも思わへんやろか」

金蔵寺を出るとき、お龍は母や弟と別れを惜しみながら、そんなことを言った。

お龍がそう思うのは当たり前である。武士はどこかでいちばん肝心なことを、忘れているのだ。

だが、歩き出したお龍の顔は、むしろ活き活きと輝いている。龍馬の妻として、新しい暮らしが始まることを喜んでいるらしい。

「昨夜は凄かったたな、おれたち」

龍馬は、お起美に聞こえないよう、耳を寄せて言った。

「なにが？」

お龍はすっと頬を染めたがしらばくれた。

「なにがって、ごまかすな」

「うちが凄いんやない。龍さんが凄いんや」

「馬鹿言え。おれだって、相手が凄いから必死になったんだ」

「やあね。でも、できたかもしれんえ」

「ほんとか？」

子どものことだろう。だが、できても不思議はない。なにせ、つづけて五回。短銃の弾だって、一発くらいは当たる。

「それはわからんけど」

お龍の顔は、寝不足を感じさせず、艶々としている。

四条大橋の手前を左に曲がり、建仁寺の前を過ぎて宮川町あたりに来たときだった。

――ん？

龍馬は嫌な気配を感じた。

視界のどこかに、なにか禍々《まがまが》しいものがあるのだ。

同時にお龍が、

「龍さん。見ないふりをして」

と、緊張した声で言った。

「なんだ？」

「そこのお茶屋の二階に新選組がいる。こっちを見てる」

そうか新選組か、と納得した。

池田屋での襲撃の成功と、長州藩との戦の勝利で、あいつらはさぞかし勢いづいているのだろう。じっさい、入隊の希望者が殺到しているらしい。

目を向けなくても、窓辺に新選組の羽織の色が並んでいるのはわかる。京には似合わない、なまずが泳ぐのにはよさそうな水の色。三人、いや四人はどいる。

「おれはあいつらに狙われる理由はない」

と、龍馬は前を見たまま言った。

「そんなのが通用する人たちやおへん。うちはあの池田屋の惨《むご》たらしさを見た。なにするかわからん人たちや。お願い、龍さん。見ないで」

「わかった」

龍馬は小さくうなずき、まっすぐ通り過ぎた。

お龍の横顔は握ったこぶしのように硬くなっていた。

第八章　西郷に会いましょう

1

龍馬は神戸の海軍操練所に着くと、さっそく連れて来たお起美を塾の女中として雇ってもらうよう手配をした。

それから勝安房守の部屋に来ると、そこには客人がいた。眉と目が下がり、骨ばった顔だが、陽の当たる庭のまんなかに置かれた石のように、どこかおっとりした感じがする。うまい沢庵《たくあん》に欠かせない漬け物石。

「坂龍。こちらは薩摩の吉井幸輔《こうすけ》さんだ」

紹介されて龍馬は、

「あなたが吉井さんですか……」

と、驚いた。

以前、越前藩士の村田巳三郎《みさぶろう》から名前を聞いていて、お会いしたいと文を書いたこともあった。なかなか会えずにいたが、そのこともあって訪ねて来てくれたらしい。

話題はどうしても長州藩のことになる。

禁門の変のあと、すぐに長州征討の勅旨が出た。しかも、将軍家茂自らが出陣するという。

当然、薩摩はその中核に入ることが期待されている。なんといっても、あの戦闘での薩摩軍の功績は大きかった。会津は劣勢に陥り、危うく総崩れするところだったのを、薩摩の援軍によって戦況は一転し、長州の退却となったのである。吉井幸輔（友実《ともざね》）もたいそうな働きぶりだったらしい。

「長州はさぞ恨んでいるでしょうな」

と、勝は言った。

勝はもともと薩摩、長州のどちらも嫌忌する気持ちも偏見もない。一途《いちず》ともいえる長州には同情があり、薩摩の国力には以前から一目置いてきた。

「われらも尊王ということでは同じでしたが、こうなってしまうと長州は徹底してつぶすべきだという意見が強くなっています」

と、吉井は言った。

「坂龍、どう思う?」

と、勝は龍馬に訊いた。なにか魂胆があるのだ。

「薩摩と長州は争ってはいけませんな」

龍馬は言った。

「それで?」

「仲直りをさせないといけませんよ」

「同感だ」

勝はうなずいた。龍馬にそれを言わせたかったのだ。だが、はたしていまさらそんなことができるのか。

「いま、京都の薩摩藩を実質、率いているのは、西郷吉之助《きちのすけ》という者です。いまは亡き前藩主の島津斉彬《なりあきら》公から厚い信頼を得た男です」

と、吉井は言った。幼なじみでもある西郷が一度、失脚したとき、吉井は復権に尽力していたのだ。

「ほう」

勝は、島津斉彬とは何度も会っている。

最初に知り合ったのは、勝麟太郎がまだ、赤坂で蘭学《らんがく》塾を開いていたころである。むろんペリーも来ておらず、勝は赤貧のなかにいた。

一方の斉彬も、藩主の座に就くことができず、江戸でこつこつと海外に関する情報を集めていた。その一環として、勝に海外の軍船について訊いてきたのである。

このときすでに、斉彬は勝の見識を高く評価したらしい。

それから七、八年後。勝は長崎の海軍伝習所で教授を務めていて、伝習船であった咸臨丸で鹿児島を訪問した。訪問は二度にわたり、久闊《きゅうかつ》を叙すとともに、開明派同士の二人ゆえ、さまざまな点で意見は一致した。

この島津斉彬と勝の交流が、後々まで大きな影響を与えるのだが、龍馬はそうしたことを勝から聞いている。

「その西郷という人に会ってみたいな」

と、勝が言うと、

「お会いすべきでしょう」

龍馬は後押しするように言った。

「坂龍。あんたが先に西郷さんに会って、おれのことを話しておいてくれ」

「わかりました」

ということで、それから数日後、もう一度訪ねて来た吉井幸輔とともに、龍馬は京都へ行くことになった。

2

「ここですか」

吉井幸輔は、伏見の寺田屋の前に立ち、いささかたじろいだ。

二年前の文久二年（一八六二）四月に、ここで薩摩にとっては大事件があった。島津斉彬の急死のあと、藩の実権を握ったのは、幼い新藩主の父である島津久光《ひさみつ》だった。その久光が上洛した際、朝廷の命を受け、藩内の急進派を粛清した。京で暗躍していた西郷が国許に引き戻されたのもこのときである。

ここ寺田屋では、集まっていた急進派と、説得に来た藩士たちとのあいだで、凄まじい斬り合いがおこなわれ、寺田屋を血で染めたのである。

そのとき斬り合いがおこなわれた寺田屋の建物の一部は、縁起が悪いというので取り壊され、いまは間口も半分ほどになっていた。

「あ、そうでしたな」

龍馬も女あるじのお登勢から、そのときの凄惨なようすを聞いたのを思い出した。

これで勢いを失った急進派だったが徐々に巻き返しを図って、薩摩藩はいまに至っているのだ。長州の藩内事情とじつによく似ているではないか。

結局は、異国の圧力によって、長くつづいた幕府の堕落が明らかになり、尊王という新しい国のかたちを目指しているのだ。冷静に見れば、目的に大差はなく、争いは無駄でしかない。

「わしは、藩邸のほうへ入るので」

と、吉井は立ち去ろうとしたが、

「ま、飯でも食って行けばいいでしょう」

龍馬は引き止めた。

「ううむ。寺田屋にな」

もともと薩摩藩はここ寺田屋を定宿にしていたのである。

「つらい気持ちはわかりますが」

「逃げてちゃしょうがないか」

「それでこそ薩摩隼人《はやと》」

結局、吉井も立ち寄ることになった。

「よいかな?」

龍馬は二階に声をかけた。

「あ、龍さん」

階段を下りて来たお龍の顔が輝いた。

「この方は途中で帰るが、おれは泊まる。まずは酒の用意を頼む」

龍馬は言った。

「わかりました」

二階の裏手にある小部屋におさまると、お龍はどんどん酒の肴《さかな》を持って来る。

「寺田屋は、こんなにご馳走《ちそう》を出しましたかな」

と、吉井はいぶかしんでいる。

しかも、お龍がわきに座り、酌をしたりする。

吉井が妙な顔をしているので、

「じつはこのおなごは、おれの妻でして」

と、龍馬は打ち明けた。

「そうなのか。どうも妙な調子だと思った。もしかして坂本さんとできているのかとは疑っていたが、なんだ、そうなのか」

吉井は大笑いした。


お龍は内心、嬉しくて仕方がない。もうすっかり龍馬の妻の気分である。しかも、女としての自信のようなものが芽生えている。

——この気持ちはなんやろう?

自分でも意外なほど、安心感があるのだ。長いあいだ、京の町を彷徨《さまよ》って、ようやく身の置きどころが見つかったのかもしれない。

しかも、龍馬がたまらなくいい男に見えるのである。

それも不思議でならない。

龍馬は明るいから人には好かれる。だが、けっしていい男ではない。どちらかといえば、山賊とか海賊の面で、女にもてる顔ではない。顔にイボがいくつもあるし、背中には苔《こけ》みたいに毛が生えている。見ようによってはかなり気味が悪い。

それが、いまはたまらなく恋しい顔になっている。可愛く見えている。器量の悪いのも長所みたいに思えている。女はたぶん、いったん可愛いと思ったら、なんだって可愛くなってしまうのだ。

――うちもやっぱり女やった。

お龍はいま、自分のことが面白い。

3

龍馬は十日ほど、京都の市中に入っては伏見の寺田屋にもどるという暮らしをつづけた。伏見にも薩摩藩邸はあり、西郷と会うことになれば寺田屋に連絡が来る。

だが、龍馬はじっと待つのは苦手である。

薩摩藩邸は、四条の錦小路にもあったが、それは禁門の変で焼失してしまった。もう一つ、今出川に数年前に建てた新しい藩邸があり、西郷はおもにそこで活動しているという。吉井もいまはそこに入っている。ただ、西郷は目下、長州征討のことで連日連夜、幕閣や大名たちと会議を重ねていて、なかなか会う時間が取れないらしい。

「なあに、お待ちしますよ」

と、龍馬も悠然たるものである。

「こっちもまだ、土産を用意できておらぬし」

そうも言った。

西郷に手土産を持って行きたいのだ。

――なにがいいか。

伏見にも薩摩藩邸があるのだから、伏見の酒は芸がない。

だが、京の町は三分の二が焼け野原になっている。とくに御所の南にあった名物を売る老舗の多くは、跡形もない。

「ひどいもんだ」

龍馬はつぶやきながら、なにかいい土産ものはないかと歩きつづける。

歩いているうち、土佐の仲間のことも心配になってくる。

禁門の変で長州軍に加わった者もずいぶんいたのではないか。土佐勤王党を率いた武市半平太《たけちはんぺいた》の道場でいっしょだった中岡慎太郎は、一時、大仏裏の隠れ家に出入りしていたのだが、熱心な勤皇家だったから、おそらく長州軍に加わったはずである。その中岡の音沙汰もない。

生き残っている者がいれば、なんとか神戸海軍操練所のほうで引き取りたいと、龍馬は思っている。

焼け残った西本願寺あたりにやって来ると、

――まずいな。

向こうから新選組のやつらがやって来た。隊士が五人に、町方の岡っ引きみたいなやつもいる。

隠れようにも、道の両脇も焼けてしまっている。

しらばくれて通り過ぎようとしたが、

「待たれい」

と、声をかけられた。

「なにかな?」

龍馬は訊いた。

すると、ごつい顔の男が龍馬の前に立った。

たぶん、この男が局長の近藤勇だろうと察しはついた。おれもこいつよりは美男だと思う。

これは毛の生えたガマだろう。

もし斬り合いになれば、近藤を一太刀で斬ってから、逃げるつもりである。龍馬は足が速い。付いて来られる者はたぶんいない。

「この前、扇岩のお龍と歩いていたな?」

「お龍はおれの妻だからな」

「なに」

近藤の顔色が変わった。

「もっとも祝言は挙げたばかりだが」

「そうなのか」

近藤は憤然としている。お龍に懸想でもしていたのか。島原で遊んでいればよいのに、町なかの女にも声をかけて回る。増長ぶりも甚だしい。

龍馬のなかに、新選組を憎む気持ちは当然ある。なんといっても、望月亀弥太や北添佶摩の仇《かたき》なのである。

だが、いまはそれを抑えねばならない。

岡っ引きが小声で、

「近藤さま。このお人は、たしか土佐の浪士ですよ」

と言うのが聞こえた。

「土佐の浪士だそうだな?」

と、近藤は訊いた。

「浪士ではない」

「なに?」

「れっきとした身分がある。幕府が神戸に開いた海軍操練所で、おれは塾頭をしている」

「海軍操練所?」

近藤は後ろにいた男を見て、

「土方くん、知っているか?」

と、訊いた。副長の土方歳三はこの男らしい。近藤と違って美男である。が、表情が乏し過ぎる。お面の二枚目。

「ああ、ある。新しくできた幕府の機関だ。軍艦奉行の……」

そこで土方が名前を思い出せないようなので、

「勝安房守さま」

と、龍馬は言った。

「そうだ。勝安房守が取り仕切っているところだ」

「ふうむ」

近藤は龍馬をじろじろ見ている。

「あ、そうだ。数日前には、伏見の町を薩摩藩士と歩いていましたよ」

と、ほかの隊士が言った。

よくも見張っているものである。

もっとも京都の町がこれだけ焼けてしまったら、見張るところも少なくなり、歩いている者は目立ってしまうのだ。

「おぬし、名は?」

近藤が訊いた。

「坂本龍馬」

才谷の偽名ではなく、本名を名乗った。

「北辰一刀流の?」

近藤は目を瞠った。

千葉道場の塾頭ともなれば、江戸の剣士には名を知られている。神道無念流の練兵館の塾頭だった桂小五郎が有名であるように。

「いかにも」

「土佐を脱藩したはずだが？」

「ああ、そうだよ」

「では、土佐を脱藩した坂本龍馬は、幕府がつくった海軍操練所にいて、薩摩藩士ともいっしょにいるわけか？」

「まあ、そうだが」

「それは理屈に合わぬだろう？」

「そんなことはない」

だいたい龍馬は理屈などで動いているのではない。

「ふうむ」

近藤は理解がいかないらしい。どう見ても切れ者には見えない。肝っ玉は太そうだが、人格者にも見えない。こういう男を長と仰ぐ集団の中身も知れようというものである。が、もちろんそんなことを口にするほど、龍馬は無鉄砲ではない。

「もう一度、訊く。勤皇の志士とやらではないのか？」

「勤皇の志士ねえ」

正直、そこまで朝廷を敬う気持ちは強くない。

龍馬が考えるのは日本の行く末である。尊王が第一義ではない。

「いまは、なにをしに歩いていた?」

「なにをしに?」

大きなお世話だが、わざわざ怒らせることもない。

「今出川の薩摩藩邸に行くのにな、手ぶらでは行けまい。手土産になにかいいものはないかと探していた」

「手土産?」

「いかにも。新選組はなにを手土産にする?」

「われらはよく人の首を手土産にする」

土方が後ろでそう言うと、

「わっはっは」

近藤は大声で笑った。

脅しのつもりだろう。龍馬は人を脅すやつは大嫌いである。

面白くもない冗談に龍馬はむっつりしたまま、

「では、失礼」

背を向けて歩き出した。

第九章　大馬鹿西郷

1

　龍馬が伏見の寺田屋で、京と行ったり来たりしながら西郷に会う機会を待っているあいだも、世のなかはそれぞれの事情で絶え間なくどんどん動いている。

　幕府が長州征伐を検討している横から、英仏蘭米の四か国が、長州を攻撃しようと計画しているというのだ。長州は、前年から下関の海峡を封鎖している。これを解くため、四か国は十七隻の戦艦からなる連合艦隊を用意した。

　戦が始まるのはまずいと、幕府は勝安房守に四か国が攻撃を中止するよう交渉せよと命令を下した。幕閣には勝を毛嫌いする者が大勢いるというわりには、面倒なことはおっつけてくるらしい。そこで勝は、何日か前に慌ただしく四か国連合艦隊がいる豊後《ぶんご》の姫島に向かったのだった。

　龍馬が伏見の寺田屋で、その報せを聞いた翌日である。薩摩藩邸の者から、

「本日、今出川の薩摩藩邸で西郷がお会いします」

　と、連絡が来た。

「お待ちしてました」

と、龍馬はさっそく今出川へと向かった。

とはいえ、手土産はまだ入手できていない。吉井幸輔によると、西郷は甘いものも好きらしいが、菓子屋はみな焼けてしまい、残った店もまだろくなものがつくれずにいる。仕方がないので手ぶらで行くしかない。

途中の道沿いにある高瀬川のわきを歩いているときである。上流から、仔犬《こいぬ》が流されてくるのが見えた。高瀬川というのは、荷船の往復のためにつくられた運河である。水こそきれいだが、意外に深い。龍馬は腰まで水に浸かり、

「おっと、可哀そうにな」

仔犬を川から拾い上げた。

生まれたてというほどではない。母犬から離れ、うろうろしていて滑り落ちでもしたのだろう。持っていた握り飯のかけらをやると、喜んで食べた。

「これも縁か」

と、龍馬は仔犬を懐に入れた。


薩摩藩邸の門番に名を告げると、まず現われたのは目つきの鋭い若い男だった。

「こちらへどうぞ」

と、奥の本殿に案内しながら、

「坂本龍馬さんのお名前はかねがね聞いてました」

若い男はそう言った。

「そりゃどうも」

どうせろくな評判ではないだろう。千葉道場の塾頭としてでなかったら、浪人のくせに幕府の海軍にいる変なやつとしてに違いない。変だとはいろんなやつから言われる。だからといって、別になにを言われようが平気である。

「示現流の中村半次郎と申します」

若い男は名乗った。

「あなたが……」

京では有名な男である。綽名は人斬り半次郎。土佐の岡田以蔵などと並んで、大勢の人間を暗殺したらしい。ただ、龍馬もよく知る以蔵と違って、中村半次郎は血生臭い感じはしない。暗さもない。どこか清冽《せいれつ》の気配を漂わしている。だが、人を幾人も斬って、暗さがないというのがおかしいのかもしれない。別の綽名はないものか。清流のなかの刃《やいば》？　いや、それよりも、殺しのわさびがいいかも。

長い廊下を歩むあいだも、中村半次郎は油断なく、龍馬の斜め前を進んでいる。視界の端に龍馬を入れているのだ。

――おれになにか怪しいふるまいがあれば……。

薩摩示現流の豪剣が閃《ひらめ》くのだろう。

本殿の庭に面した明るい部屋に、西郷は待っていた。

挨拶もそこそこに、

「勝先生が西郷さんにお会いしたいと申しまして、ついてはお前が段取りをつけて来いと命じられましてな」

と、龍馬は言った。

「そうですか」

西郷は笑みを浮かべてうなずいた。巨体だが、物腰は丁寧な男である。顔は大きくてごついが、新選組の近藤とは違うごつさである。近藤が岩を削ったごつさなら、西郷は巨木を削ったごつさで、柔らかみがある。

中村半次郎は、廊下のほうで正座している。

「勝先生のことは？」

と、龍馬は西郷に訊いた。

「ええ。吉井から聞いております」

「島津斉彬さまからは？」

と、龍馬が訊くと、

「……」

西郷はいきなり呆《ほう》けたような表情になった。

勝と島津斉彬の関係がわからないのだろう。

「勝先生は、長崎海軍伝習所にいたとき、咸臨丸で二度、鹿児島を訪ねたとか」

「なんと」

「そのときに西郷さんのお名前は確か聞いていたと」

「わたしの名を……」

「むろん、それ以前、勝先生が江戸の赤坂で蘭学塾をしていたときにも、斉彬公とは何度もお会いしていたそうです」

「……」

西郷はまた、なにも言わなくなった。

龍馬も急いで話を進めない。出された茶を飲み、どこで仕入れたのかと思いながら出された饅頭を頬張ったりしている。懐の仔犬にも与えたりしているのだが、西郷はそれすら目に入らないらしい。

しばらくして、

「いま、思い出しています」

と、西郷は言った。

「はい」

「鹿児島に見えられたのは、おそらく安政五年のことと思われます。当時、わたしは斉彬公の命で江戸と京都を往復しながら、いろいろ工作活動に従事しておりましてな、そのときは薩摩にいなかったと思います」

「なるほど」

「二度も見えられましたか」

「ええ」

「生憎《あいにく》とわたしはおりませんでした」

「……」

話が繰り返される。ひどく動揺しているのか、あるいは感激しているのか。

「だが、幕府の長崎海軍伝習所に、昔からの知り合いで大変な人物がいるとは、斉彬公から別のときに聞きました」

「ほう」

「それが勝先生のこと……」

「おそらくは」

「勝先生は、まだ藩主になる前の斉彬公とも……」

また、話がもどった。飲み込みが悪いのか。

「西洋の軍艦などについて、ずいぶん意見を交わされたそうです」

と、龍馬が言うと、

「ああ、それは大変だ」

「大変？」

「あ、いや。斉彬公の、そうでしたか……」

やはり感激しているのだ。

目に涙がある。どうも、前藩主の斉彬は西郷にとって特別な人で、その旧友であり、斉彬が高く評価していた男が急に身近な人間になったことに驚いてもいるらしい。

龍馬の懐がもぞもぞと動いた。

「それは？」

「あ、土産です」

龍馬は仔犬を取り出した。

「土産ですか、これが？」

西郷の目が細くなっている。

「なにか手土産をと思いましたが、焼けてしまっていて、買う店がないのです。そこへちょうどこの犬が高瀬川をどんぶらこと流れて来ましてな」

「桃太郎ですな」

「そう。桃のかわりに」

「あっはっは。いや、わたしも犬は大好きで。ありがたく頂戴します」

仔犬はさっそく西郷に懐いたらしく、大きな手をぺろぺろと舐め始めている。

「では」

「勝先生によろしくお伝えください」

「それと、長州とはあまり喧嘩はなさらぬほうが」

「え？」

「薩摩も長州も大事な藩ですぞ」

「それはそうですが」

西郷は不満げである。

「わたしは蒸気船を自在に操ることができましてな。勝先生のところで塾頭になっています。なんなら薩摩と長州のあいだをいつでも往復いたしますぞ」

龍馬は自分の航海術をちゃっかり売り込んだ。ただの勝の使い走りとは思われたくなかったのである。

2

昨夜、何人もの祇園の芸妓を引き連れて寺田屋にやってきた大坂のお大尽を見送って、女将のお登勢とお龍は帳場の裏の部屋にへたり込んだ。

川風が入って、寺田屋のなかは柳の葉で撫でられているみたいに気持ちがいい。

「女将さん。たいそうな騒ぎどしたな」

お龍はお登勢に言った。

「まったくや。でも、ぎょうさんお金を落として行ってくれはった」

「景気がよろしおしたな」

「なんでも会津藩と米の取り引きをすることになったそうやで。また、会津の米というのはおいしくて、京の米など食べられなくなるんやて。まったく、うちにはいろんな人が来てくれはるわ」

お登勢はそう言って、茶をすすり、饅頭を口にした。

お龍もいっしょに茶を飲み、饅頭を食べながら、

「でも、女将さんは、どこに肩入れしてはるんどす?」

と、訊いた。

「うちは人を見るだけや。そら、どっちかというと勤皇方やけど、勤皇方でも人柄の悪そうなんは駄目や」

お龍はうなずいたが、ふと首をかしげ、

「龍さんは勤皇なんですやろか?」

と、つぶやいた。

「あんたもわからへんの?」

「どうなっているんやろうと」

龍馬が天皇さんのことを話すのは聞いたことがない。それに攘夷派でないことだけは確かである。勤皇派で開国派なんて、龍馬のほかにもいるのだろうか。

ときどき、この人はただ船に乗りたいだけで、どっちでもええんと違うやろか――そう思うこともあるが、しかしそれは他人には言えない。

「坂本はんは、そもそもが変やからな」

と、お登勢は言った。

「変?」

「お龍さん、そう思わはらへんやった?」

「思いましたえ。思いましたけど、龍さんの変は、不気味な感じはあらしまへん」

「そうやな」

「それに、龍さんという人は、なんか、こう、助けてあげたくなるところがありますさかい」

「助けてあげる? あんな、大きな獣みたいな人を?」

「そら、なりは大きおすけど、なんか子どもみたいなところがあるよって」

あれはなんなのだろう。ちょっとしたしぐさとか、表情とかが、悪戯《いたずら》でもしている子どもみたいに見えたりするのだ。夕日のなかで友だちが皆帰っても、いつまでも一人で遊んでいる子ども。

それを龍馬に言ったら怒るだろうか？

「そう言われてみると、そうやな」

「ああ、龍さんを甘噛《あまが》みしてあげたい」

お龍はそう言った。ふいに、そうしたくなったのだ。

「甘噛みやて？」

「そう。よく、犬とか猫がしますやろ。本気で噛まずに、こっちの肉の柔らかさを確かめてみるみたいに。あれを龍さんにしてあげたい。疲れてるところを噛んであげたら、気持ちええんと違いますやろか」

「お龍はん。あんたもやっぱり変や」

と、お登勢は呆れたように言った。

3

龍馬が神戸にもどるとまもなく、勝も姫島からもどって来た。

勝は日焼けした顔で、

「遅かったよ」

と、つまらなそうな顔で言った。

「というと？」

「四か国艦隊が下関を攻撃した。たちまち陥落だと」

「陥落というと、占領されましたか？」

「そこまではしねえさ。あの程度の人数で、占領なんてのは無理だもの」

「だが、それほど強いのですか？」

「ろくに防備もしてなかったのだろうな」

海上の船と、陸の大砲の戦になれば、陸のほうが有利である。なぜなら、海上の船は波で揺れており、狙いは外れやすいのである。ただし、大砲が同じくらいの性能であるならの話だが。

長州藩の大砲と、四か国連合艦隊の大砲とは、性能によほどの差があったのだろう。長州は薩摩と違って、そこらが遅れ過ぎている。頭のほうが先走って、身体がついていっていない。

「どうなります？」

「まあ、長州のせいで幕府はしこたま金をむしり取られるわな」

勝はふてたように横になった。

龍馬は西郷のことを言い出さない。勝も訊かないので、そのままになった。

では、龍馬はなにをしているのかというと、もちろん塾頭として船のことで一生懸命である。蒸気機関の模型がある。これを塾生たちといっしょに本物の蒸気機関と照らし合わせながら、細かい部品の役目を確認する。ここが故障するとどうなるか。故障はどう直すか。それを機関士と相談しながら確かめていく。

龍馬の手元には、勝から借りた新式の軍艦の設計図がある。軍艦の注文のときに入手したらしい。それも照らし合わせたりするが、これは訳の入っていない英文である。

「近藤、読めるか？」

傍《そば》にいた土佐出身の近藤長次郎に訊いた。

「まだそこまでは」

「おれたちも早く英語を習得しないと駄目だな」

龍馬はそれを痛感している。勝は蘭語を習得するのに、ヅーフハルマという辞書を丸ごと書き写したりしたらしいが、いまの龍馬にその暇はない。
二、三日してから、
「坂龍。西郷とはまだ会えねえのかい？」

と、勝のほうから訊いた。我慢していたが、しきれなくなったらしい。

「いや、会いました」

「なんでそのことを言わねえんだよ」

「すみません。じつは考えていたんですよ」

「考えてた？」

「西郷はどういう人なのかと」

嘘ではない。西郷にはなにかよくわからないところがあるのだ。

「会ったんだろうよ」

「会いましたよ。見た目はわかりやすいですよ。六尺を超える大男です。しかも、相撲取りのように肥っていて、こんな大きな目玉をしています。まあ、あの顔の力はたいしたものです」

「顔の力かい」

顔の力百人力。

「ちょっと妙な人でしてね。お会いすればわかりますが」

「向こうもお前のことをそう思ってるさ。どんなふうに変なんだ?」

「馬鹿かもしれませんよ」

龍馬はにやりと笑って言った。

「へえ、馬鹿なのかい?」

勝の目が面白そうに光った。

「ただ、幅の広そうな馬鹿でしてね。どこまで大きいのかわからないような馬鹿なのです」

「ほう」

「ああいう男は、小さく叩くと小さくしか鳴りませんが、大きく叩けばさぞや大きく鳴るでしょうね」

でか過ぎる釣り鐘。やっと綽名ができた。

「そりゃあいいや」

勝は笑った。

「そのうち必ず会いに来ると思います。西郷のほうから」

「では、待ってよう」

「西郷なら長州と手を組んでくれるかもしれませんよ」

そう言うと、あのごつい、大きな顔が思い出されて、龍馬はたまらなく笑い出したくなってきた。

第十章　龍ラブ龍

1

冬の匂いがする秋風が吹いている。

お龍はお登勢といっしょに、東山にある東福寺の紅葉を見に来ていた。寺田屋からだと近くまで舟で来ることができる。

京都五山第四位の禅寺である。その広大なこと。女の足ではくたびれて、一巡りするのも容易ではない。

ここは京都でも屈指の紅葉の名所である。

とくに、洗玉澗《せんぎょくかん》と呼ばれる谷の紅葉を見下ろす通天橋からの眺めは絶景だった。

「まあ」

お龍は感激のあまり目を瞠った。

京都生まれ、京都育ちのお龍だが、東福寺は初めてだった。真っ赤な紅葉に、早かった紅葉と遅れている紅葉がわずかな色違いで、錦の模様を綾《あや》なしている。その豪華なこと、絢爛《けんらん》なこと。どんな名工でもこれはつくれない。

「どうや、お龍はん」

お登勢が自分の庭でもないのに、自慢げに言った。忙しいときにと遠慮したお龍を、無理に誘ったのである。

「ほんに素晴らしおすなあ」

しばらくのあいだ、二人はうっとりと景色に身をゆだねるような気持ちになっていた。周りの見物客も同じような境地らしい。

「坂本はんも、たまには紅葉でも見てのんびりしはったらええのにな」

「ほんまにねえ。もう、あの人のせわしないのは、なんでしょうね」

龍馬はいま、江戸にいるのだ。昨日、文が来ていた。

幕府というのはつくづく了見の狭いやつらの集まりで、
天下の大物である勝先生の考えは
ちんぷんかんぷんらしく候。
近ごろは立場も危うくなってきた。
神戸の海軍操練所は、もしかしたらつぶされてしまうかもしれぬ。
だが、お起美のことは塾生に頼んであるので、心配は無用にて候。
たとえ操練所はつぶれても、
すでに船長の腕前であるおれは痛くも痒《かゆ》くもない。
おれの力を欲しがる者は天下にゴマンといる。
いや、ゴマンは言い過ぎか。だが、三十人はいる。えへん。
やることは山ほどあって、いまは横浜という新しい町に通いづめ。

ここは、米人、英人、仏人、蘭人など、
異人の多さは長崎を上回るくらいにて候。
しかも、いろいろ面白いものを持ち込んでいて、
この先、いろんな商売が広まりそうで、
蒸気船の船長たるおれにはじつに楽しみなことに候。
なんと、驚くなかれ、
おれもこの先のことがあるので、英語を学び始めたのさ。
もう蘭語は時代遅れだからな。
ちと披露してやろうか。
アイというのはおれのこと。ユウはお前のこと。
好きだというのはラブだそうな。
アイ、ラブ、ユウだ、お龍。
ま、こうして駆け回るのも若いうち。
爺《じじ》いになったらお龍ばあさんと
紅葉《もみじ》狩りでも寺参りでも行こうじゃないか。
恐惶謹言《きようこうきんげん》。アイ、ラブ、ユウ。龍、ラブ、龍。

相も変らぬ龍馬節だった。
龍馬が勉強家だというのはよくわかっている。どこへ行くにも書物は手離さないし、寸暇

を惜しんで船の勉強をしていた。たぶん英語にも一生懸命なのだろう。

それにしても、龍馬が敬愛してやまない勝先生に、いったいなにがあったのか。いろんな話が入る寺田屋だが、そこらのことはまるで伝わって来ていなかった。

2

勝安房守が江戸に帰って来た。

龍馬は勝の屋敷であるじの帰りを迎えた。

「江戸の風は冷てえなあ」

と、勝はぼやいた。

黙って耐えるということはしない。勝はなんでも口にする。口は災いの元というのはもちろん知っているが、我慢がならなくなるらしい。江戸っ子は皐月《さつき》の鯉の吹き流し、口先だけで腸《はらわた》はなしなんだ、と自分で言っているくらいである。だが、腸は煮えくり返っているに違いない。

「どういうことです?」

と、龍馬は訊いた。

「謹慎しろとさ」

「謹慎? なにゆえにです?」

「正式な理由はわからねえよ。人づてに聞くところじゃ、おいらが海軍操練所に不穏な浪士たちを飼っていて、そいつらが池田屋事件や禁門の変にも関わっていた。おいらがなにか焚《た》きつけたりしているのではないか、と疑っているらしいや」

「ははあ」

焚きつけたりはしていないが、勝の言葉で幕府が道を間違えているとは悟らされる。幕臣でありながら、歯に衣《きぬ》着せぬ幕閣批判も口にする。それが幕府のためだと思っているのだろうが、傍《はた》から見るとずいぶん危なっかしい。

「ほかにも、おいらが船で使わせるため、エゲレスの商人から防寒用の毛布を何十枚も買い込んだろ。それが気に入らねえやつもいるらしいぜ」

「そんなことでですか？　もしかして先生は西郷ともお会いしたのでは？」

「ああ、会ったよ。大坂の宿にいるとき、西郷のほうから訪ねて来てくれたよ。いろいろ話もした。この先どうすべきか訊かれたから、幕府にはもう人材はいねえ、賢明な諸侯を四、五人立てて筋道の通った外交交渉をやるべきでしょうと言ってやったよ。西郷ってのは、あんたが見たとおりだ。人間が大きいぜ。おいらの言うことで、長州とのいさかいは得策じゃねえと思ったみたいだ」

勝が西郷を説得したのだったら、この先、薩摩の出方もずいぶん変わっていくのではないか。

「でも、そこらも幕府の密偵に見張られていたのでは？」

「なあに、話を聞かれてなきゃ、薩摩の人間とは会ったって構わねえだろうよ」

「それはそうです」

着替えを終えた勝は、飯を食い出した。奥方が急いで、うな丼とそばを取り寄せていた。どちらも江戸の味なのだろう。

うまそうに食う横から、

「神戸海軍操練所はどうなりますか？」

と、龍馬は訊いた。

「幕府からなにか言って来なかったら、このままつづけてくれとは言って来たよ。だが、難しいだろう。それで、いざというときは、坂龍、お前も含めて塾生の面倒を薩摩に頼もうかと思ってるのさ」

「薩摩に……」

「どうだい？」

「いいんじゃないですか」

薩摩とは、吉井幸輔や西郷吉之助と知り合ったことで、いっきに人脈が広がっている。南国同士というより、薩摩もかなり変な人間が多いので、馬が合うのだろう。

「あんたがそのつもりなら、おれも安心だ」

「だが、先生はまだ軍艦奉行じゃないですか」

「そんなもの、罷免されるに決まってるよ」

勝は吐き捨てるように言って、うなぎを食い終えると次にざるそばを勢いよくたぐり始めた。

軍艦奉行を罷免するという報せは、数日後に届いた。謹慎せよと言われていたのだから、軍艦奉行の罷免も当然なのだが、それでも勝の落胆は隠せない。

「おれがこの国の海軍の基礎をつくってやるのだと思っていたんだがな」

と、勝は言った。

「ええ、皆、それを期待してましたよ」

龍馬は今日も出かける仕度をしている。

勝はまだ寝巻を着たまま庭に出ていて、そんな龍馬を見ながら、

「いいよな、坂龍は、いつも陽気で」

と、羨ましそうに言った。

「いいですかね。わたしもまた土佐から呼び出しが来てますよ」

「だが、そんなものはどうせ、気にしないのだろう」

「まあ、もともと土佐がどうこうで動いているわけではないので」

「おれはけっこう気に病む性質《たち》なんだよな」

勝はそう言って、目の前に伸びていた山茶花《さざんか》の葉をむしった。

「そんなふうには見えませんがね」

と、龍馬は笑った。

勝は立ち直りが早い。人目もはばからず、腐ってみせたりもするが、翌日にはけろっとしている。切り替えがきく。いつまでも誰かを恨んだり、根に持ったりすることはない。そんなところも龍馬は尊敬している。

「ところで、坂龍、忙しそうじゃねえか。毎日、なにしてるんだ？」

「昨日も横浜に行ってました」

「横浜に、なにしに？」

横浜は、開港して五年経《た》っている。

すでに町も手狭に思えるくらいでき上がっていて、面白い店も多い。

「オランダの船を借りられそうなんですよ」

「あんたが借りるのかい？」

勝は驚いて訊いた。

「いいえ。わたしにそんな金はありませんよ。薩摩が出してくれそうなんです。家老で小松帯刀《たてわき》さんという方がいるんですが、これがかなり話のわかる人でしてね」

薩摩屋の若旦那と綽名をつけた。

「ああ、そうらしいな」

「借りた船で薩摩に便宜を図ってやりつつ、わたしもちっと商売のようなことをしようと思ってまして」

「商売だって？」

勝は呆れた顔をした。

「じつは、わたしの実家は才谷屋という商家でしてね。半分は商人の血なのです」

龍馬は屈託ない調子で言った。同じ身の上でも、ひどく恥ずかしがるやつもいるが、龍馬はそんなことにはこだわらない。

すると、勝はにやっと笑って、

「そうなのかい。じゃあ、おれのところといっしょじゃねえか」

「え？　先生のところも？」

「おれのひい祖父《じい》さんてえのは、越後から出てきた盲人でさ。一生懸命、金を貯《た》めて、それで旗本の株を買って新しく男谷《おだに》家ってのを立てたのさ」

「そうでしたか」

龍馬はすぐ出かけるつもりでいたが、意外な話につい縁側に座り込んだ。

「それで、おれのおやじの小吉ってのは子どものころからのろくでなしで、親も手を余したんだろうな、勝家って貧乏旗本の家に養子縁組しておっつけられたんだよ。石高四十一石の、ほんとに旗本かってくらいの家さ。しかも、おやじはしょっちゅう家出をしたりするので、二十歳くらいから三年ほど、家のなかの座敷牢《ろう》に入れられていたらしい」

「座敷牢に」

そんな話は土佐でもなかなか聞いたことがない。

「そのあいだにおれが生まれたってんだから、いったい、どうなってんだって話だよ」

「あっはっは」

「このおやじの素行の悪さは死ぬまで治らなかった。本所中のろくでなしと知り合いで、だからおれもやくざだの火消しだの、そっちのほうにも顔が利いたりするのさ」

そういえば、勝といっしょに歩いていたとき、妙な連中に挨拶されるのを見たことがあった。

「おれが他人のことで根に持ったりしねえのは、育ちが悪いからなんだ。育ちが悪い人間は、根に持っているとおまんまにありつけなくなるからだよ」

「わかりますよ」

「おれはあんまりまともな旗本とは言えねえ。坂龍も半分は商人だ。しょせん、おれたちは本流じゃ浮かび上がらねえのかもな」

「いいじゃありませんか、先生。本流より、少し外れた流れのほうが面白いでしょう」

「違《ちげ》えねえ」

勝はうなずいて、龍馬を見て言った。

「坂龍。あんたは西郷を抜け目なくさせたようなやつだぜ」

3

年が変わって、お龍は正月の忙しさのなかにいた。

寺田屋の客にもおせち料理でもてなすし、年始の挨拶にも行ったり来たり、その合間には伏見稲荷に初詣にも行って来た。願いごとは、いちばんは家族皆の無事だが、龍馬の子が授かることも願ってしまった。

母のお貞や妹の光枝やお起美にも会いたかったが、その暇はなかった。そのかわり金蔵寺から太一郎が来てくれて、お貞や光枝やお起美のようすも伝えてくれた。こういうとき、お坊さんは用事がてら動くことができて都合がいいらしい。

とにかく京都の正月はやらなければならないことが多いので、女は休まるときがない。逆にこういうときは龍馬に来てもらっても相手をすることもできないだろう。

骨正月と呼ばれる二十日が明日に迫ったとき、龍馬から文が届いた。

「まさか、江戸から来はったんどすか？」

お龍は驚いて、飛脚に訊いた。

飛脚は笑って、

「いいえ。八坂はんの門前からです」

「八坂はん？」

咄嗟《とっさ》にどういうことかわからない。

急いで文を開くと、梅の花びらが落ちた。かすかに梅の香りもした。まだほころびたばかりの花を挟んだのだろう。こういう変に女みたいなところも、龍馬にはある。

「まあ」

思わず声が出た。なんと龍馬は京にいるらしい。

おれはいま、京におりもうし候。

これはないしょだぞ。お登勢さんにもな。

知られると困るのさ。薩摩の人たちといっしょでな。

寺田屋には顔を出したくても出せなかった。

寺田屋のすぐ前も通ったんだ。

心のなかで、お龍、お龍となんべんも叫んだのに、
あんた、聞こえなかったのかい。

お龍は噴き出した。でも、本当かもしれない。

十日ほど前だったか。龍馬がすぐ近くにいるような気がしたことがあったのだ。だが、そういうのを感じるのは、その人が亡くなったときだとかいう話も聞いたことがあったので、縁起が悪いと、頭から追い払ったのだった。

たぶん、あのときがそうだったのだろう。


おれはやることがあり過ぎるのさ。

京都の町を昨日は西へ今日は南へと這い回っている。

龍が地べたを這い回っているんだから、おかしいだろう。

ところで、頼みがありもうし候。

同じ土佐の脱藩浪士に中岡慎太郎という男がいるのさ。

お龍は大仏裏の隠れ家で会ったことはあるかな。

いま、この中岡君を捜しているのさ。

念のためだが、顔を描いておく。

龍馬は顔の似せ絵まで描いていた。

眉が黒く太く、逆八の字に吊《つ》り上がっている。目はぎょろっとして、口はへの字に結ばれている。怒った顔なのか、たぶんいつもこういう顔なのだろう。ちょっと新選組の局長に似ている気がする。でも、この似せ絵で中岡の顔を思い出したから、ちゃんと特徴をとらえているのだ。

こいつがまた恐ろしくバカ真面目な男でな、からかうとすぐ怒る。
おれも以前はよくからかったが、あまり本気で怒るから、
もうからかうのはやめにした。
興奮するとよくしゃべる。
また頭も回るから、一人でお祭りしてるみたいになる。
一人お祭り男とおれは綽名をつけた。
この中岡君が寺田屋に顔を出すようなことがあったら、
必ずおれのことを伝えてくれ。
おれがぜひとも会いたがっていると。
中岡君はお公家と長州に知り合いが多い。
おれは中岡君といっしょに、
薩摩と長州の仲違《なかたが》いの仲裁をしようと思ってるのさ。
はたしてうまくいくのか。乞う、ご期待。
アイ、ラブ、ユウ。龍、ラブ、龍。

「なにが、乞うご期待だか」

お龍は呆れた。それでも龍馬は憎めない。それどころか、つくづくあんなに可愛い人はいないと思う。

正月のあいだ、一度くらい、手製のおせちを食べさせてあげたかった。

第十一章　商人龍馬

1

薩摩藩邸の門をくぐると、薩摩藩重役の小松帯刀から、

「お、坂本さん。どこに行かれてた？」

と、訊かれた。

邸内の梅が満開で、よく匂っている。

「江戸へ」

勝安房守のところに行き、奮起を促した。なんとか神戸の海軍操練所の存続を画策してもらいたい。船を操ることができる男は、まだまだ欲しいのだ。

だが、勝は達観し切っている。しばらく、おれの出番はないと見極めてしまったらしい。

大久保忠寛のところへも顔を出したが、なんと大久保まで隠居をしていて、一翁と号まで名乗っていた。

幕臣のうち、開明派と言われる人たちは、揃って冷や飯を食わされているらしい。

しかも、江戸にいると、どういうわけか千葉佐那に嗅ぎつけられ、追い回されてしまう。

こんな自分のことは、早く忘れて欲しい。しかも、すでに妻帯したと、土佐藩邸の連中あたりから聞いていていないのだろうか。千葉道場には、土佐藩士も大勢通っているはずなのだ。

「江戸へ？」

小松は龍馬の快速ぶりに目を丸くした。

「それから神戸へ」

海軍操練所は表向きおとなしくしているが、裏手に海軍塾があり、そちらで航海術を学びつづけている。塾頭の龍馬はしょっちゅう出歩いているが、幕臣で龍馬よりも前から勝の弟子になっている佐藤与之助が、塾生たちの面倒を見てくれているので心配はない。佐藤は龍馬が転ばぬダルマと綽名をつけたくらいで、じつにしっかりして頼りになる。

「神戸にな」

勝は、薩摩藩に龍馬たちの面倒を見てくれるよう頼んであり、薩摩藩もそれを了承してくれている。

だが、江戸に帰ってしまう者も多い。海軍操練所の廃止が決まれば、佐藤与之助も江戸にもどることになるだろう。龍馬はなんとしても船のもたらす未来を信じるという者だけを引きつれ、薩摩藩に面倒を見てもらおうと思っている。

「それから伏見にもちと」

龍馬は少し照れながら言った。

お龍のところだって、ちょくちょく顔を出さなければ、新妻が可哀そうというものである。

また、忙しいとなおさら、お龍の肌が恋しくなる。

「相変わらず忙しいことですな」

「じつに」

認めざるを得ない。が、やることが多いのだから仕方がない。

ときどき、駆けるように動いているときなど、なにをしているのか、どこに行こうとしているのか、自分でもわからなくなることがある。くだらぬ争いはしたくないのはもちろんである。なにがなんでも幕府を倒そうとか、あるいは幕臣に取り立ててもらおうとか、そんなこともいっさい考えていない。

ただ、情勢を思うとのんびりなどしておられず、気がつくと足は動いている。あるいは船に乗っている。

だが、自分より凄いのがいる。

「わたしより中岡慎太郎くんですよ。足取りを聞いたが、さっぱりわからない。あいつ、天《てん》狗《ぐ》かもしれませんよ」

と、龍馬は言った。

土佐の中岡慎太郎が精力的に各地を飛び回り、龍馬とはまた別の考えで薩長同盟を画策していることは聞いている。とにかく京都にいたと思ったら、太宰府《だざいふ》で公家の三条実美《さねとみ》に会い、博多にいたと思えば、長府で山県狂介と会っていた。まさに、ここと思えばまたあちら、神出鬼没なのである。

すると、小松帯刀は、いかにも育ちのよさそうな笑顔を見せて、

「坂本さん。この前、中岡さんに会ったら、同じことを言ってましたよ。坂本龍馬は天狗かって」

と、言った。

2

花見などしている暇もなく、桜は散ってしまった。

葉桜の季節である。

寺田屋の庭に桜はないが、紅葉の大木があって、二階から手の届くところまで枝が伸びている。その若葉が嚙んで吸いたくなるくらい瑞々《みずみず》しく、美しい。

龍馬はひさびさにお龍といる。

「触らないで」

お龍が小声でたしなめた。龍馬は膝をくすぐっている。もちろん笑わせるためではない。いい気持ちにさせたい。現にお龍の目元が薄紅色ににじみ出している。

「なぜ?」

「明るいから」

「明るくてもいいだろうが」

「朝から忙しうて汗かいたから」

「おれはかまわないよ」

お龍の膝に頭を載せ、さらに歯を立てる。

「うちはいやや」

龍馬の頭を力いっぱい押し戻した。

頭を落とされ、お龍を下からのぞき込みながら、

「しばらく逢《あ》えないぞ」

「どこかに行かはるん？」

お龍は不安になったらしい。

「薩摩に行って来る」

三月十二日に、神戸海軍操練所の廃止が正式に決まった。もう神戸にはいられない。龍馬は近藤長次郎や千屋寅之助、高松太郎ら土佐の脱藩者で操練所にいた仲間を引きつれ、薩摩藩邸に入っていた。

そこで今後の動きを検討するためにも、まずは薩摩に挨拶に行かねばならない。

「薩摩……。うちも行ってみたい」

お龍は目を輝かせた。

京都から出たことのないお龍は、前から他国に行きたい、できたら異国にも行ってみたいと語っていた。おなごで遠くへ行きたがるのは珍しい。

「連れて行きたいが、そうもいかんのさ」

「薩摩の女と浮気しはるん？」

「しない」

「嘘や」

「ほんとだ。薩摩の女は米の代わりに芋を食うらしい」

「ほんまに？」

「だから、こんなに肥って、屁《へ》ばっかりするらしいぞ。そんな女と浮気できるか」

「龍さんならしそうや」

「おれはなんでもいいのか」

「男が大きいんや」

「だから、仕事だ、仕事」

そう言いながらもお龍を引き込み、口吸いで力を奪うと、屛風《びょうぶ》を寄せて、その陰で始めてしまった。

昼だから、客はいない。

だが、お龍は袂を嚙んで、声が出そうになるのを我慢した。

龍馬は動きを止め、

「よかったぞ」

耳元で囁《ささや》いた。

「もう、龍さんたら」

お龍は動けない。

じっとしたまま、

「そういえば、中岡はんはこっちには来はらしまへんえ」

と、言った。

「うん。中岡とはもう会った」

薩摩藩邸でようやく会えたのだ。薩摩と長州を結びつけたいということで、ともに動くことも確認し合った。

中岡はもともと長州と行動をともにしていた。禁門の変でも長州に味方して参戦していた。

だが、西郷と会い、薩摩は薩摩で幕府に愛想を尽かしていることを知り、両藩を結びつけて倒幕に持って行きたいと思うようになった。

龍馬は中岡と完全に意見が一致しているわけではない。

確かに薩摩と長州は、雄藩のなかでは屈指の力量である。が、ほかにもあるではないか。なぜ、土佐を入れぬ。越前は？　肥前は駄目なのか？

そこが龍馬とは違う。

「中岡は頑固でな」

お龍が相手なので、つい愚痴った。

「そういえば、龍さんは頑固じゃおへんな」

「そうかな？」

「押したり引いたりや」

「うん」

「だいたい龍さんは変わってはる」

「皆にそう言われる」

そうなのかとは思うが、どう変わっているのかは、もちろん自分ではわからない。

「うちは龍さんの魂胆は知ってますえ」

お龍は龍馬の鬢《びん》の毛を撫でながら言った。

「魂胆？」

「龍さんは船に乗りたいだけなんや」

「船に？」

「勝先生みたいに船長になってアメリカ行きたいんや」

「それはアメリカには行きたいさ」

「そんときは、うちも連れてっておくれやす」

「いいだろう。だが、なんでおれはアメリカに行きたいのだろうな？」

「龍さんはたぶん商売がしたいんや」

「商売？　おれが？」

「お登勢はんも言っとったえ。坂本はんはよくものの値を訊かはるって。武士のくせに、あんなに値を気にする人もいはらへんえって」

「そういや、そうだな」

「刀差して、商売してたら、うち、笑うてしまうわ」

そう言いながら、お龍は面白そうに笑った。

3

それから三か月後――。
龍馬は長崎にいた。

長崎は大好きな町である。もともと外国に開かれた唯一の町で、異国情緒に溢れていたが、開国以来、情緒どころか生の異国の風が吹いている。横浜ともどこか違う匂いがする。異人がすれ違う。話している言葉がわからない。英語でもなさそうである。わからぬ言葉のくせに遠慮がなく、声はでかい。

家の二階から、聞いたことのない音色が洩れてくる。その唄の調子が、またいかにも異国調である。

「いいねえ、いいねえ」

龍馬は歩いているだけで、気分が高揚してくる。

土佐の仲間を引き連れて、本博多町の小曽根《こそね》家を訪ねた。

小曽根家は、代々の貿易商である。あるじは乾堂《けんどう》と号する長崎きっての文化人である。もともと出島の南蛮屋敷を建設するなど羽振りはよかったが、先代のときに越前藩や佐賀藩の御用をつとめ、長崎屈指の豪商となった。

去年の二月に勝安房守とともに長崎に来て、そのとき勝から紹介してもらった。あるじの乾堂にも気に入られたが、その弟の英四郎には惚れ込まれた。

この日もひさびさの出会いに、英四郎は、

「坂本さん。よく来てくれました」

顔を真っ赤にして、異国人のように手を握ってきた。なかなか可愛らしい。龍馬が胸のうちでつけた綽名は男舞妓。当人にはとても言えない。

英四郎は、龍馬より十近く若い。龍馬を兄のように慕い、なおかつ龍馬の人生観にも感銘を受けている。

「勝先生はいま、隠居同然だそうですね」

英四郎は、聞いていた噂を言った。

「なあに、そのうちまた出て来る。勝先生を世のなかは必要としている」

「そうですね」

薩摩と長州をくっつけようという案は、龍馬の場合、直接には勝の影響から来ている。勝は横井小楠や大久保一翁の影響を受けている。

「じつは、薩摩と長州をくっつけようと暗躍していた」

「それはまた」

「だが、しくじった」

お膳立てはした。十日ほど前の閏《うるう》五月二十一日のことである。

龍馬は長州の桂小五郎とともに下関で、中岡慎太郎が連れて来る薩摩の西郷吉之助を待っていた。

だが、西郷が来なかった。中岡を置いて、京都へ行ってしまった。

「やはり、薩摩は信用できぬ」

と、桂以下、長州の連中は怒った。

龍馬と中岡がようやくなだめ、再度の歩み寄りを納得させたのだった。

「それは大変でしたね」

英四郎にねぎらわれた。

「いや、むしろよかったかもしれん」

と、龍馬は言った。

「それはなぜ？」

「あそこで血判など押しても、心のなかは疑心暗鬼だったろう。それではまたいつ、決裂するかわからん」

「確かに」

「もっと密接に、いろんなかたちでつながってから、密約を取り付けるべきだろう」

中岡ともそういうことで話し合った。

龍馬は船を活用し、海から薩長の仲直りを援護することになった。中岡は船を操れないので、陸を何べんでも往復するという。

「それでな、英四郎くん。諸外国は長州に武器を売ってはくれない。なにせ幕府とやらかしているから、幕府が諸外国に圧力をかけているのさ」

「ええ。それはもう厳しいものです」

小曽根家は、そうした事情はすべて摑んでいる。

「だから、薩摩の名義でおれたちが武器を購入し、それを長州に回してやりたいのさ。そうすれば、長州だって薩摩に感謝するだろうさ」

「なるほどねえ」

英四郎は感心した。

「買えるかね。諸外国だって、そう簡単におれたちを信用したりはせんだろうよ」

「それはそうです。手練手管は要りますよ」

「どんな手があるかね?」

「まずは、あの家の持ち主に接触しましょう」

英四郎は龍馬を窓のところに連れて行き、南の山手を指差した。

「洋館が見えるでしょう?」

「ああ」

山の緑のなかに、白いペンキの色が映えている。城の白壁より光っている。日本にはない白い色である。

「あれはトマス・グラバーという男の家です」

「アメリカ人かい?」

「エゲレス人です。まだ若いですが、かなりのやり手です。グラバーを紹介します。ただ、グラバーも坂本さんという一人の男とは取り引きは嫌がるでしょうね」

「脱藩浪人だからかい?」

「というより、連中はカンパニと取り引きするのです」

「カンパニ?」

「わが国にはありません。まあ、廻船問屋みたいなものですかね」

「だったらつくるよ」

「つくりますか。では、お手伝いしますよ」

英四郎は興奮して言った。

英四郎と龍馬のあいだで、どんどん話が進むため、近藤長次郎などはわきで聞いていて不安になってきたらしい。

「坂本さん。なにをする気だ？」

と、不安げに訊いた。

「商人になるのさ」

「商人に……」

皆は呆れた。

だが、もう龍馬は決心している。

それにしても、お龍はたいしたものである。

「龍さんは商売がしたいんや」

そう言っていたではないか。

——おれの気持ちを見透かしていたのか……。

女の勘は、いやお龍の勘は、つくづく馬鹿にできない。

第十二章　幽霊

1

　お龍は風呂の掃除をして、寺田屋の二階へ上がった。

　昼なのに、家のなかはずいぶんと薄暗い。外は糸を引くような細かい雨が降っていて、夏だというのにうっすらと肌寒い。風邪でもひいたのかと思うくらいである。この三日ほどはずっとこんな天気がつづいていて、どこもかしこも湿っぽくなっている。廊下から畳まで、ざっと乾拭きして、気分のほうまでさっぱりさせたいと思った。

　——ん？

　変な気配を感じた。

　誰かが奥の部屋に入った。客はすべて朝のうちに出て行って、いまは誰もいるはずがない。お登勢も、手伝いの年寄りも下にいる。宿の前の船着き場にも、舟が入ったようすはない。だが、一瞬、背中が見えた気がした。

　奥に回り込んだところの部屋は、いつも龍馬が泊まる部屋である。龍馬が帰ったのかもしれない。龍馬なら隠れて悪戯でもしかねない。

「龍さん？」

　背中を追いかけるようにして部屋に入るが、誰もいない。

掛け軸の文字が目に入った。龍馬が持ち込んだもので、そこらの道具屋で見つけたらしい。書かれた文句は、「無念無想、無芸大食」。冗談好きの龍馬のすることである。

「猫やった？」

近ごろ、近所の猫が二階にいたりする。お龍は「武士猫」と呼んでいる。黒に紋所みたいに白点がある猫で、歩き方も偉そうなのだ。餌なんかあるわけないのに、なぜか二階に来ていたりする。隣の家の屋根伝いに来るので、野良猫でもないらしい。

だが、武士猫もいない。

ふっと血の臭いがした。胸が悪くなった。

「嫌や」

動悸《どうき》がしている。

もともとお龍は幽霊を見やすい。子どものときは、天子さまの幽霊を見たことがある。もちろん今上の天子さまではない。

何代前かわからないが、明らかに天子さまと思われる人が、台所に立っていた。柳馬場三条下ルの家である。おっとりした風情で、お龍に小さく微笑んだ。それがまたいかにも高貴なのだ。あんな笑みは、そこらの人にはできない。長くは見ていなかった。すうっと消えた。

そのことをまだ生きていた祖母に言うと、

「へえ。お龍はきっと御所に上がるんやな」

と、言われた。

「うちが御所に？」

「そうや。天子さまの夢を見ると、御所に上がることになるんえ」

それは大変なことになったと思った。

だが、その話を近所の子に話したら、

「うちも天子さまの幽霊を見たことがあるえ。馬に乗ってはった」

そう言った。天子さまは、牛が引く車に乗るので、馬には乗らない気がする。だが、そんなことを言ったら、天子さまが町家の台所になど来るはずがない。

だから、たぶん京ではよくあることなのだろう。

——でも、幽霊やなかったら……。

お龍は、幽霊を見るだけでなく、妙な勘もいい。父の楢崎将作が亡くなった日も、朝からずっと嫌な気分だった。

まさか、龍馬になにかあったのではないか。

ひと月半ほど文が来ていない。龍馬は筆まめで、京にいないときはひと月に一度くらいは文を寄越《よこ》す。遠くから文なんか寄越すのは高いし、勿体《もったい》ないと思うのだが、ないと不安になる。

胸騒ぎがひどくなった。きっとそうや。だから志士なんかと所帯を持ってはいけなかったのだ。

迷っていたが、あのとき扇岩の隣の爺いの妾になればよかったのだ。爺いなんか、誰も斬ったりはしない。だいたい目の届くあたりでうろうろする。急に薩摩にも行かない。ただ、病でぽっくり逝くかもしれないが、斬られて死ぬよりはましだろう。

「南無阿弥陀仏《なむあみだぶつ》南無阿弥陀仏……」

お龍は胸騒ぎが収まるまで、手を合わせ、念仏を唱えつづけた。

2

それから一階に下り、帳場でそろばんをはじいていたお登勢に、いま見た幽霊の話をした。

お登勢は話を聞いてすぐ、

「それは、薩摩の人や」

と、言った。

「ここで誰か死なはったん？」

「誰かなんてもんやあらへん。ここで斬り合って亡くなった人だけで七人や」

「七人も」

「ここで生き残っても、連れて行かれた人が何人も斬られたり、切腹させられたりしたみたいや」

「そうなん。それ、いつのことどす？」

「三年前。四月やったな」

と、お登勢は思い出した。

文久二年四月二十三日、寺田屋事件と呼ばれるできごとである。吉井幸輔も思い出したが、吉井は現場を見ていない。お登勢はもちろんその場にいた。

薩摩から藩主の父である島津久光が上洛していた。このとき、有馬新七、田中謙助、柴山愛次郎たち薩摩の急進派が、他藩の志士とともに決起し、関白九条尚忠《ひさただ》や京都所司代酒井忠《ただ》義《よし》らを襲撃しようとしていた。

だが、島津久光はこれを止めようと、腕の立つ者九人を、急進派が籠もった伏見の寺田屋に向かわせた。

互いに同志である。

しかし、久光の使いが止めても、急進派は聞かない。

ついに斬り合いが始まった。

数は、急進派のほうが他藩の浪人も加わっていたため、二十人と倍ほどいた。だが、先に刀を抜いた久光の使いのほうが勢いで圧倒した。

「そらもう、目を覆うばかりの惨状やったえ」

お登勢は言った。

「女将さん。見はったの?」

「斬り合いしてるところは見てなかった。とてもやないけど、近づけないもん。怒号や泣き声、呻き声が聞こえてた。それから、斬り合いが終わったあとのようすときたら、あれはもう、思い出しても身体が震えるえ」

じっさいお登勢は身体を震わせた。

「うちも、新選組が京の池田屋に斬り込んだあとのようすは見ました。斬られて死ぬのは惨たらしいおすな」

「そうや。もう、首は転がってるし、耳やら、足やら、床なんか血の海やったわ」

「そうどすか」

どうやら、池田屋の惨状よりひどかったらしい。

「前はもっと間口も広かったんや。そこの庭の端まであったんやで」

「倍どすな、いまの」

「そうや。でも、あんなことがあった部屋にもう客は入れられへんと思って、惨劇のあったほうは取り壊してしまったんや」

「そうどしたか」

だが、龍馬だっていつ、そうした惨劇に巻き込まれないとは限らない。

龍馬を狙うとしたら、やっぱり新選組だろうか。

知らず知らず俯《うつむ》いてしまっていたお龍に、

「坂本はんは大丈夫や」

と、お登勢は言った。

「なんでどす。龍さんだって、薩摩の人たちといっしょに動き回ってますえ」

それどころか、どうも長州の人とも会っているらしい。薩摩と長州といったら、このあいだ、禁門のところでたいそうな戦をしたばかりではないか。仲直りをさせるなどと書いていたが、そんなこと、できるはずがない。

「坂本はんは、ほかの志士とはなんか違う。あんな明るい人はおへんえ。冗談ばっかり言ってるやろ」

それはお登勢の言うとおりである。

龍馬と話していると、「まったく、お前には敵《かな》わぬ」と、相手が笑ってしまうのは、何度も見てきた。

「龍さん、志士じゃないんやろか?」

だったら、なんなのだろう。

ただのいちびりだったら情けない。

「いや、志士なんやろうけど、毛色が違うんや。坂本はんは特別や。ああいう人は狙われたりせえへんのと違うやろか?」

「ああ、そうかもしれしまへんな。調子が狂うかもわからしまへんな」

お登勢に言われて、少し安心した。

と、そこへ――。

前の道に人が立った。

女であるが、異様である。男装で袴をはいている。刀も二刀、差している。ただ、器量は悪くないどころか、相当な美人である。

じろじろ家のなかを見ているが、入って来ようとはしない。

――あの女や。

思い出した。大仏裏の隠れ家にも来たことがあった。確か千葉佐那といった。龍馬に惚れて追いかけ回しているのだ。

「なんどす?」

お龍は玄関口まで言って、声をかけた。

千葉佐那は、うろたえることもなく、

「坂本さまはこちらに?」

お龍をまっすぐに見て訊いた。藍染めの着物がよく似合っている。床の間に一輪だけ活けたアヤメのようである。

「坂本さま?」

「坂本龍馬さま」

「ああ、うちの人は、いま、ここにはおらしまへん」

「うちの人?」

「坂本龍馬はうちの夫やさかい」

「ふふ……」

千葉佐那は呆れたように笑った。

なにがおかしいのだろう。ずいぶん失礼な人ではないか。

「面白おすか?」

お龍は訊いた。

「坂本さまは、ほかの方と正式な結婚はできません」

「なんでどす?」

「わたしという正式な許嫁《いいなずけ》がいますから」

刀に手をかけ、きっぱりと言った。

「許嫁ですって……」

下手《へた》なことを言ったら、斬られるのかもしれない。お龍は千葉佐那に狂気を感じた。だが、負けてはいられない。以前、光枝を取り戻すため、大坂の遊郭に乗り込んだときの気迫を蘇らせた。

「正式でない女はいるかもしれませんが」

まだ言っている。

「妾ということどすか?」

かちんと来た。

龍馬とは、金蔵寺の和尚に媒酌人になってもらい、ちゃんと仏前で祝言の式をした。妾のわけがない。

お龍がそのことを言おうとしたら、

「また来ます」

千葉佐那は、キッとした顔になってそう言うと、さっさと船着き場のほうへ行ってしまった。京のほうにもどるらしい。

「誰やった?」

お登勢が後ろから訊いた。

「変な女なんどす。前も一度、龍さんを訪ねて来て」

「ははあ」

お登勢は察しがついたように言った。

「そんなんじゃないって言ってはりましたえ」

「でも、あれで坂本はんはもてるよって」

「でも、あんな男装の刀を差したおなごどすえ」

「ほんに刀差しとったな」

「龍さんはそんな気がないのに、しつこくされるんだって言ってはりました」

「そうなの」

「たぶん、さっきの幽霊の気配は、あの女の気だったんどすな」

お龍は台所から塩を持って来て、玄関から船着き場まで、沢庵を三樽《たる》分も漬けられるくらい、たっぷりと撒《ま》いた。

3

その三日後——。

見慣れぬ客が来た。京から下って来た舟の客である。

玄関で出迎えたお龍に、

「お龍さんだよな?」

と、訊いてきた。

「はあ、そうどすが」

見たことがある。太い眉。引き締まった口元。

「中岡慎太郎です」

「ああ」

大仏裏の隠れ家で一度だけ見かけた。だが、ほかにも大勢いたので、顔はあまり覚えていなかった。むしろ、龍馬が描いて寄越した似せ絵のほうがぴんときた。龍馬はたしか「一人お祭り男」と綽名をつけていたが、そこまで騒がしそうな感じはない。

「坂本くんの文を持って来ました」

中岡は文を差し出した。

お龍は受け取るとすぐ、文を開いた。早く無事であることを確かめたい。


お龍。おれは流れ者のようになってしまい候。

このあいだまで長崎におった。

そのあと下関にいた。そこから備前に立ち寄った。

備前から京にもどった。


――まるで双六《すごろく》や。

と、お龍は思った。サイコロを振っているのは誰なのか。

用事を片づけてお龍のところへ行こうと思っていたら、長崎でごたごたがあったらしい。

じつは長崎で、商売をするためのカンパニというものをつくったのだ。
魚のカンパチとは違うぞ。
要は店屋だな。そこらの店屋よりは、
面倒な規則などいろいろあって、ちゃんとしている。
まあ、三井の出店くらいかな。
その名を亀山社中と申し候。えへん。
おれはそこの隊長というか、頭領というか、旦那というか。
つまり、いちばん偉い。これまた、えへん。
だが、頭領がおらぬと、しょっちゅう揉めごとが起きる。
そのため、急遽《きゅうきょ》、長崎に向かうようになり、
お龍のもとには行けぬようになってしまい候。
寂しいなあ。ほんとにお龍は京女のなかの京女。
しかも、京女はこの日本でいちばんだ。
薩摩女も長崎娘も、京女にはかなわん。
今度こそ、京にもどったら、まっすぐお龍のもとに駆けつける。
待っておくれと、お願い申し上げ候。
龍から龍へ。牡《おす》ドラゴンから牝《めす》ドラゴンへ。

読み終えて、中岡の顔を見た。

読みながら、にやにやしてしまったかもしれない。だが、龍馬の文にはいつもふざけたところがあるので、どうしても笑ってしまう。ふつう、文には真面目なことしか書かないのではないか。ふざけたことを書いてもいいのは戯作者みたいな人くらいではないか。

中岡は、お龍が文を読むようすをじいっと観察していたらしい。

「あら、まあ。すんまへん。うち、笑ってましたやろ？」

「うん。いい顔してた」

「ああ、恥ずかし。でも、ドラゴンてなんどす？」

「ドラゴン？」

「文に書いてありました」

「ああ。ドラゴンは龍のことですよ」

「龍？　ああ、だから牡ドラゴンから牝ドラゴンなんどすね」

相変わらず能天気な龍馬節だった。

「お龍さんのことは、何度も坂本くんから聞かされた」

「悪口どすやろ？」

「とんでもない。のろけですよ」

「それは、それは」

「羨ましい！」

「はあ」

「羨ましかあ、じつに羨ましか」

急に騒々しくなった、一人お祭りが始まるのか。

「そうでもあらへんえ」

「いやあ、坂本くんはずるか。こんなきれいな人を落として」

中岡は身悶えするようなしぐさをした。

「……」

この人も、龍馬とは違う可愛い男なのかもしれない。そう思うと、つい微笑んでしまう。

「え？」

中岡がお龍を見つめた。

「は？」

見つめ合った。

もしかしたら、一瞬、可愛いと思った気持ちを感じ取ったのかもしれない。

中岡はふと居住まいを正し、

「坂本くんがべた惚れしてるのもわかります」

お龍は、中岡の視線がいやに熱いように感じた。

第十三章　薩長同盟成る

1

「龍さん。どうしはった？」

　お龍が驚いて訊いた。

　寺田屋に龍馬が飛び込んで来たが、足元がふらついて、顔が赤い。パッと見では、怪我ではなさそうである。

「風邪だ。風邪をひいた。温かいものでも食わせてくれ」

「わかりました。はよ、二階へ」

　龍馬の後ろに大人しそうな、初めて見る人がいる。

「こちらは長州の三吉慎蔵《みよししんぞう》さんだ。槍《やり》の達人だぞ。見た目は静かだが、立ち向かったら、穴だらけにされるぞ」

　ぐったりしながら冗談を言った。

「三吉はんはお風邪は？」

「わたしは大丈夫です」

　三吉がそう言うと、

「おれはこう見えて、身体が弱いんだ」

龍馬は言った。

「よぉ言わんわ」

お龍は笑った。だが、言われてみると、身体のつくりは頑健そのものだが、風邪はひきやすいかもしれない。

布団はまだいいと言うので、火鉢の前に座らせ、とりあえず卵酒をつくって飲ませた。三吉にも念のためにつくってやると、素直に飲んで、

「だいたい坂本さんは忙し過ぎるのですよ」

と、呆れたように言った。

「龍さんは忙しいのが好きなんや。忙しくせんといられへんのや」

龍馬は子どもみたいにうなずいた。

「そうかもしれんな」

「それにもう少し警戒したほうがいいですよ」

三吉の言葉に、

「警戒って?」

お龍は気になって訊いた。

「いや、ここへ来る前に大坂で、幕臣で坂本さんの知り合いの大久保一翁って人を訪ねたのですが、幕府の一部の連中は、坂本さんが薩摩と長州を結び付けようと動いていることを察知して、追いかけているらしいんです」

「まあ」

「暗殺されるかもしれないから気をつけろと」

「暗殺……」

背筋が凍りつく。

「また、坂本さんは目立つから。身体が大きいうえに、ぼさぼさの頭で、なにか風雲を呼び込みながら歩いているという体ですから」

三吉がそう言ったので、

「龍さん。月代剃《さかやきそ》りましょ。うちが剃ってあげます」

お龍も本気の顔で言った。

「月代を？」

「そしたら目立たなくなります」

「いいよ、いいよ。おれは月代なんか剃りたくないんだ。三吉さんが付いていてくれるし、しかもお龍、おれはこれを持っているんだ」

と、自慢げに懐から黒い鉄の塊を取り出した。

この前も見ているが、

「なんですのん、それ？」

と、しらばくれて訊いた。

「ペストルだ。短銃だ。長州の高杉晋作くんからいいやつをもらったんだ。持ってみな」

龍馬はお龍の手にそれを摑ませた。

「重ぉおすなあ」

「すでに稽古もした。うまいもんだぞ」

「これやと、近づいて来る前に撃てるんどすか？」

「ああ。三、四間くらい先なら、百発百中だ」

「でも、一人だけどっしゃろ。新選組は、いつも束になって歩いてますえ」

「これは、六連発だ」

「六発も撃てるんどすか」

お龍は驚いて、手のなかの短銃を見た。

龍馬はやはり物騒な世界で生きているのだ。しかも、止めたって聞く人ではない。

だが、このペストルとやらがあれば、相手が新選組でも少しは安心かもしれない。

「うちも、これ、欲しい」

と、お龍は言った。

「お龍が？」

「これなら剣と違《ちご》うて女も扱えますやろ」

「そりゃあ稽古をすればな」

「うちもこれを持っていたら、龍さんもだいぶ安心ですやろ」

「健気《けなげ》なことを言うではないか」

と、龍馬は笑った。

女のくせに出しゃばるなとか、龍馬はそういうことは言わないのだ。

「腹が減ってきた」

龍馬はお龍からペストルを取り返して言った。

「軍鶏《しゃも》鍋をつくったげる。精がつきますえ。風邪も吹っ飛びます」

と、お龍は立ち上がった。

翌朝、「もう一日、休んだほうがええ」と止めたのに、龍馬は「そうはしておれぬ」と三吉慎蔵をここで待たせたまま、やって来た亀山社中の仲間とともに京へ向かった。

2

龍馬の前に長州藩の桂小五郎がいる。

美男である。祇園でももてているらしい。橋の上で川風にでも吹かれていたら、さぞや絵になることだろう。綽名は川風面。

その桂がなにやら冴《さ》えない顔をしている。途方に暮れているようでもある。

桂と龍馬は、かつて江戸で剣術修行をしていたころからの知り合いである。他流同士だが、試合で戦ったこともある。そのときは龍馬が負けた。桂の剣は、豪快ではないが、狙いが的確だった。もっとも龍馬は強いときは無茶苦茶強いが、意外にかんたんに負けたりする。

「どうしたのです?」

「薩摩は本当にわれらと組むつもりがあるのかね」

桂は白けたような顔で言った。

「当たり前でしょうが」

桂は一月八日に、龍馬に説得されて二本松の薩摩藩邸に入っていた。長州から、薩摩の黒田了介（清隆）がいっしょにやって来たのだ。お膳立てはすでに調っていたはずである。

龍馬の亀山社中が暗躍し、薩摩の名義で長崎のイギリス商人グラバーから長州が必要なだけの最新の銃を仕入れ、薩摩の船で長州に運び入れている。

また、長州も薩摩で米が不作だったというので、長州米を薩摩に送ろうとした。ただ、西郷が幕府の第二次長州征伐があるかもしれないとき、大事な兵糧米は受け取れないというので、亀山社中の預かりとなったのだが。

もう、信頼関係はできている。それなのに、なにを愚図愚図しているのか。幕府軍が長州を攻めて来ようとしているときに。

「ずっと歓待されている。だが、同盟の話はまったく出て来ないのだ」

と、桂は言った。頭のいい子どもが拗《す》ねたみたいである。

「桂さんからは?」

「わたしからは言えぬ」

とうとう帰るつもりになっていたらしい。

「そんな馬鹿な」

龍馬は呆れた。

呆れたのを通り越して、腹が立ってきた。

もう一度、薩長双方を部屋に集めた。庭を前にした部屋で、陽が当たっている。この日は正月の二十日（旧暦）である。春はすぐそこに来ている。池の近くに植えられた梅の花が何輪かは咲き出している。

その庭に背を向けて龍馬はどかりと座り、

「西郷さんも、大久保さんも、なにをくだらぬ意地を張ってるんですか！」

と、怒鳴るように言った。

「意地かな」

西郷も憤然としている。

「じゃあ、面子《メンツ》ですか。面子だの意地だの言ってる場合ですか」

西郷は押し黙った。

わきで家老の小松帯刀がじっと西郷を見ている。

「桂さん。なぜ、言い出せないのですか。先に言い出すのが、そんなにみっともないことですか」

「そういうわけではないが」

長州の気持ちは龍馬もわかるのである。孤軍奮闘し、いままた幕府に追い詰められている。

「そうだな」

と、西郷がうなずいた。

西郷がうなずくと、座の空気がたちまち変わった。これが、西郷という男の凄いところなのだ。

「了承していただけますか？」

「桂さんは信用できる。長州を信じよう」

「そう来なくちゃ。さすが西郷さんだ」

龍馬はそう言って桂を見た。

「かたじけない。長州を代表して、薩摩の方々にご支援を願います」

桂が頭を下げた。

ここには薩摩藩主も長州藩主もいない。だが、じっさい藩を動かしている者たちの代表が、西郷であり桂なのだ。もはや実務のできない藩主同士の約束より、西郷と桂の約束のほうが意義は大きいのだ。

「では、薩長が連合してどうするか、それを詰めていきましょう」

と、龍馬は言った。

薩長同盟と言いつつ、どうしたって薩摩が長州を助けるという内容になる。だが、そこには長州が単騎、ぼろぼろになって突き進んできたことへの敬意と同情もある。そのお礼でもある。

だから、ここへ来て、力を合わせようというのである。

密約だから、余計な人間は立ち会わせない。家老の小松自らが、筆を取り、話し合いを控えていく。

長州と幕府が戦ったときは、薩摩はすぐに二千の兵を動かし、在京の兵と合同して、京都と大坂を押さえてしまう。

長州の勝利が見えたら、薩摩が朝廷に進言して、調停に努める。

長州の敗戦が濃厚になっても、薩摩は支援をつづける。

幕府軍が引き返したなら、長州の冤罪《えんざい》を免ずるよう、朝廷に働きかける。

薩摩の動きに、一橋、会津、桑名などが朝廷を盾に反対するなら、決戦に及ぶ。

その後は、薩長が力を合わせ、皇国のために粉骨砕身する。

二日かけて、ざっと以上のような結論を得た。

「よし。これでもう、薩長が幕府に負けることはない」

と、桂がさすがに疲れた顔で言った。

「国が割れるかもしれませんな」

西郷が大きな目を光らせた。

「いや、流れはこっちでしょう」

龍馬が自信たっぷりに言った。

昨年の春ごろから中岡慎太郎とともどもずうっと画策してきた薩長の密約が、ついに成ったのである。中岡はいま、太宰府に行っているはずで、この場にいたらさぞや感激したはずだった。

3

寺田屋の泊まり客を船着き場まで見送って、お龍が宿にもどりかけたとき、

「よお、お龍さんではないか」

ものすごく嫌な男と会った。

新選組の局長・近藤勇だった。後ろに、五人ほど、ほかの隊士もいる。このところ、三日おきくらいに、新選組だの見廻組だのが寺田屋周辺をうろうろしているが、局長を見るのは初めてである。

「これは局長はん。お見回り、ご苦労さんどす」

お龍はしらばくれて頭を下げた。無闇に冷たくして、龍馬にとばっちりが行ったりしたらかなわない。

近藤は一人食って二人目を探す熊みたいな、相変わらず嫌な目つきで寺田屋のなかのほうを見ながら、

「寺田屋で働いているとは聞いていたよ」

と、言った。

「働かんと、食べていけへんどす」

「それはわしらもいっしょだ。それどころか、手柄を立てないと役立たずということにされてしまう」

「手柄どすか?」

「そう。不逞《ふてい》の浪人どもを血祭にあげるのよ。あっはっは」

近藤が笑うと、後ろの隊士たちも同じように笑った。

「お龍さん。寡婦になったらいつでもわしのところに来てくれ」

近藤は真面目な顔で言った。

「冗談はやめとくれやす」

「冗談ではないよ」

「龍さんを斬らはるつもりどすか？」

そんなことしたら、あんたの頭にペストルで穴空けてやる。一つやない。指の二本も入るような穴を、三つも四つもな。うちは、やると言ったらやる女やで——お龍は、胸のうちで言った。

「わしは、惚れた女を泣かせるようなことはせぬ。ただ、坂本くんを追っている連中はおるらしい」

「そうなんどすか？」

この前の話でもそんなことは言っていた。やはり本当なのだ。

「坂本くんは、ふつうの勤皇の浪士とはちょっと違ってな、なにするかわからん男なのだ。そりゃあ幕府も気味が悪いだろう」

「そうどっしゃろか。冗談の好きな、やさしい男と思いますえ」

お龍は本気でそう思う。あんなにやさしい男もちょっといない。龍馬は見た目で誤解されるのだ。なまじ器量がよくないだけに。

「だったら、あんまりふざけないほうがいいと言っといてくれ」

「はあ」

ふざけてなにが悪いのだろう。龍さんはしょっちゅう、他人を笑わせ、楽しませていますえ。新選組が他人を笑わせ、楽しませたことがあらはりますか？　皮肉たっぷりに、これも胸のうちで言った。

「じゃあ、また来るよ」

「……」

二度と来るな。アホ。

今度は小さく口に出して、またもやたっぷり塩を撒いた。


夕方になって龍馬がやって来た。亀山社中の人たちは、大坂に急用ができたらしく、なかに入らずに別れた。

「どうでした、坂本さん?」

待っていた三吉慎蔵が訊いた。

「うまくいった」

龍馬は珍しく興奮した顔で言った。

「では?」

「薩長同盟の締結だ。これで、事態は大きく変わるぞ」

「そりゃあ、よかった」

三吉も嬉しそうにうなずいた。

「薩長同盟ってなんどす?」

お龍がわきから訊いた。

「薩摩と長州は仲直りしたのさ」

「薩摩と長州が？　ほんまに？」

京の町人からしたら、信じられない話だろう。薩摩と長州といったら、いまや犬猿の仲であるはずだ。

「ああ。おれは仲人役だった」

「そんな無茶な夫婦、すぐに喧嘩別れと違いますか？」

誰だってそれを心配するのではないか。

「はっはっは。無茶な夫婦ほどうまく行くんだ。おれとお龍みたいに」

龍馬はお龍を抱き寄せ、頬を手でこすりながら言った。

「あら、ほんまどすな」

お龍は笑って、

「そしたら、ごちそう用意しましょうか？」

魚屋に鯛《たい》でも買いに行って来ようか。

「いや、それよりまた軍鶏鍋を食わせてくれ」

「またどすか？」

「まだまだ力をつけておかないとな」

「わかりました。じゃあ、丸々肥ったやつを」

この晩の飯が軍鶏鍋であったのは、龍馬の窮地を救うことになったはずである。

第十四章　寺田屋遭難

1

お龍が寺田屋の一階にある風呂場で湯に浸かったのは、とうに夜半も過ぎたころであった。

龍馬と三吉慎蔵はまだ二人だけの酒盛りをつづけていて、その世話をしたりしているうち、湯に入るのが遅れたのだ。宿の下働きの爺さんも入ったあとでぬるくなっており、お龍は少し追い焚きしてから着物を脱いだ。

あの二人、なにをあんなに話すことがあるのか、ときどき唄も入ったりするから、堅い話だけしているわけではないらしい。

——あんなに機嫌のいい龍さんも初めてや……。

だいたいいつも機嫌のいい龍馬だが、この夜は格別だった。薩長同盟というのは、よほど嬉しいことだったのだろう。

風呂は客も入るので、大きめにつくってある。お龍が座ると足を伸ばせるくらいでゆったりした気分になれる。しばらく目を閉じると、徐々に眠気がやって来た。

——ん？

ふと、窓の障子に明かりが映っているのに気づいた。

以前、近所の若者にのぞかれたことがあり、一瞬、またかと思った。

怒鳴りつけてやろうと、窓を開けて外を見たら、

――え？

御用提灯だった。それも半端な数ではない。数えたいが、数えている場合ではない。

――たいへんや！

今宵の泊まり客は、龍馬と三吉の二人だけ。当然、二人を捕まえに来たのだ。新選組かとも思ったが、「御用」とあるから伏見奉行所のほうかもしれない。

着物をまとう暇もない。

帯ごと摑んで、そのまま階段に手をつきながら、獣みたいに駆け上がった。寒いはずなのに、寒さも感じない。

「龍さん！」

素っ裸で飛び込んできたお龍に、龍馬は酔眼を丸くした。三吉は慌てて目を逸《そ》らした。

「お龍。そんないいものを夜中に見せてくれなくてもよいぞ」

龍馬のからかいには答えず、

「捕り方や」

「なに」

「仰山《ぎようさん》来てる」

「糞っ」

三吉が舌打ちした。

「まずいなあ」

龍馬は意外にのんびりした声である。

龍馬と三吉は立ち上がって、窓のほうへ近づいた。

お龍はようやく着物を着て、

「龍さん、はよ逃げて」

「いかん。囲まれてるわ」

「屋根を伝って裏手に行けるはずや。猫が来るくらいやから」

「おれは猫か」

「猫にできるんやから、龍さんにもできる」

「そりゃそうだ」

「とりあえず戸を開けないように、お登勢はんに頼んで来る」

玄関につづくほうの階段から下へ降りると、すでに奉行所の捕り方は宿のなかへ入っていた。提灯が、先が詰まった灯籠流しのように、密になって揺れている。お登勢はどこにと探せば、口をふさがれ、表に連れ出されていた。

お龍は階段の前に立ち、

「なんどす。ここには罪人などおらしまへんえ！」

龍馬にも聞こえるよう、大きい声で言った。

「坂本龍馬がおるだろうが」

「坂本はん？　いいえ〜」

語尾をわざと伸ばして言った。

「うるさい。引っ込んでおれ」

前にいた奉行所の同心らしいのが、お龍を撥《は》ね飛ばすようにして、階段を上った。刀を抜き、切っ先を突き出すようにして登って行く。しかも土足。お龍は袴の裾を摑もうとしたが、摑み切れない。さらに誰かに頭を強く蹴られ、

「女にそんなことしてええんか！」

と、怒鳴ってやった。そのわきを大勢の捕り方が、

「神妙にせい、坂本龍馬！」

喚きながら、ぞろぞろと上がって行く。たった二人を相手に、いったい何人で来たのか。

――これじゃあ、いくら龍さんでも……。

お龍の胸のうちを絶望が走った。

2

怒鳴り声がしばらくしたと思ったら、銃声がした。

ズドーン、ズドーン。

二発響いた。凄い音だ。音がするたび、背中と肩が、ぎくんぎくんと縮こまった。禁門の変のときもずいぶん銃声を聞いたけれど、こんな近くで聞いたのは初めてである。やっぱり自分には、ピストルは撃てないかもしれない――と、お龍は思った。

「うわっ」

「ペストルだ」

奉行所の連中も色めき立った。大勢が右往左往しているらしく、二階が抜けるのではないかと思えるほど、ぎしぎし音を立てている。

ごろごろと階段を転げ落ちて来た捕り方もいた。

「女、危ないぞ」

お龍は外へ出された。

「お龍はん」

お登勢が外にいて、声をかけてきた。

「堪忍な。奉行所の者と気づかへんで、戸を開けてしもうた」

手を合わせ、すまなそうに言った。

「いいえ。それより龍さんが」

「坂本はんが、こんな間抜けなやつらに捕まりますかいな」

「でも、何人いるんやろ」

宿は完全に囲まれている。なかにいる者も入れて、四、五十人ほどはいそうである。祇園祭の山や鉾《ほこ》なら二、三台は引けそうな数の捕り方が、たった二人を捕まえるためにやって来たのだ。なんて卑怯なやつら——と、お龍は思った。

また、銃声がした。

つづけて二発。

悲鳴や怒鳴り声が割れんばかりである。

また二発。

ペストルは六連発と言っていた。だったら、もう弾は終わりか。

いや、また弾は込められるはずである。

しばらく静かになったと思ったら、二階の窓が開き、上の捕り方がこっちに怒鳴った。

「逃げたぞ!」

「逃げた?」

下にいた同心が不思議そうに言った。

「飛び降りなかったか?」

「誰も降りて来ないぞ」

「だったら屋根づたいに逃げたのか!」

龍馬は無事、逃げたらしい。

「おい、裏手だ!」

捕り方たちが飛び出して来た。なにをしたらいいのかわからなくなったような、まとまりのない集団になっている。血だらけで担がれている捕り方もいる。ペストルの弾が肩のあたりに当たったらしい。

ようやく二手に分かれ、宿の裏のほうへ駆けだして行く。

「そうや」

と、お龍は言った。

「どないしたん?」

お登勢が訊いた。

「なにかあったら、薩摩藩邸に報せてくれと言われとったんや。うち、報せて来ます」

そう言って、急いで玄関くちにあった提灯に火を入れた。

「うん。気いつけや」

お登勢が着ていた綿入れを貸してくれた。

まっすぐ伏見の薩摩藩邸に向かう。

捕り方たちは大声を上げながら、幾手にも分かれ、あちこちうろうろしている。

薩摩藩邸は、北へせいぜい四、五町ほど行ったところにある。捕り方は薩長同盟のことなんか知らないから、龍馬がそこを目指すとは思っていないのではないか。

藩邸の前まで来て門を叩くと、わきの格子窓が開いた。

「どうした？」

「お願いします。うち、寺田屋のお龍と言います。いま、土佐藩の坂本龍馬はんが、伏見の奉行所の人たちに襲われはって」

息を切らしながら、やっと伝えた。

「なに、坂本さんが」

龍馬のことを知っていたらしい。

すぐに藩邸内が蜂の巣を突《つつ》いたようになった。

門が大きく開かれ、篝火《かがりび》も焚かれた。

「救出に向かいますか？」

最初に話をした武士が、上役らしき武士に訊いた。

「逃げたなら、こっちへ来るはずだ。藩邸前ならともかく、町なかで奉行所の連中とやり合うわけにはいくまい。ここで待とう」

「だが、しらばくれてようすを見るくらいは構わんでしょう」

二人ずつ、二組が寺田屋のほうへ出て行った。

その人たちがもどって来て、

「まだ、捜している」

「ほかへ逃げたのかな」

などと報告した。

——そんなわけない。

龍馬はなにかあれば薩摩藩邸と言ったのだから、自分もここへ来るつもりなのだ。

「うちも見て来ます」

お龍はもう一度、寺田屋のほうへもどった。

東西に走る道を歩いてみる。二階のある家の窓が開き、住人がどうなったのかと見回したりしている。ああいう人が見ていて、「あっちに逃げましたぞ」などと告げられると困るのだ。

——あ。

地面に丸い血の跡があった。二寸くらい。指で撫でると血がついた。まだ新しい。

龍馬のか。それとも三吉慎蔵の血か。それは点々と、卒塔婆《そとば》に書かれた縁起でもない文字のように遠くまでつづいている。

お龍は捕り方に見つからないようにと、足で踏みにじりながら進んだ。

しばらく行って、血の跡は途絶えた。橋のたもとである。ここで傷口を縛ったのかもしれない。

東の空がかすかに青い。夜が明けてきている。どこかで鶏が鳴いた。冷えがきつくなっている。足元で霜が立ち上がるような気配がある。

お龍は震えながら薩摩藩邸にもどった。

「まだどすか?」

「まだだ」

と、藩邸の武士は答えたが、

「誰か来た」

と、目を瞠ってお龍の後ろを指差した。

お龍が来たほうから、一人の武士が疲れた足取りで駆けて来た。

「長州藩の三吉はんどす」

お龍が言った。

「坂本さんは?」

藩邸の武士が三吉に訊いた。

「怪我をして、向こうの材木小屋に隠れています」

やはり、あの血は龍馬のものだったのだ。

「よし。駕籠《かご》を出せ! 救出に向かうぞ!」

藩邸の武士たちが門前に勢ぞろいした。

――これで助かる……。

お龍はようやく胸を撫で下ろした。

3

傷口を縫い終え、焼酎を吹きかけ、晒《さらし》で龍馬の手をぐるぐる巻きにした医者は、

「だいぶ血が足りなくなっていますな」

と、枕元にいるお龍に言った。

龍馬は伏見の薩摩藩邸の奥座敷に寝かされている。ここに連れて来られたときは、朦朧《もうろう》としていて、ほとんど話もできないようだった。寒気がひどいらしく、激しい震えが出ていた。部屋を暖め、布団のなかには湯たんぽも入れられた。

藩邸の武士たちは、お龍が介護をするようにと言ってくれたので、遠慮なく付き添うことにした。今宵は泊まり込むことになるだろう。

龍馬の怪我は思ったよりひどかったのだ。手の太い血管を斬られたらしく、かなり血が流れ出たらしい。三吉が言うには、手を離すと、血がぴゅーっと噴き上がるほどだったらしい。

「こういうときは、どうしたらええのどす?」

お龍は医者に訊いた。

「気がついたら、精のつくものを食べやすくして、どんどん食べさせることですな。血生臭

いくらいの食いものが、血をつくります」

「軍鶏とかは?」

「けっこうですな」

医者はまた来ると言って、帰って行った。

龍馬は昏々《こんこん》と眠りつづけている。

顔色は真っ青である。ときどき苦しげな息をする。

――このまま死ぬんやろか。

枕元でお龍は思った。

やっぱり、志士なんかといっしょになったのは間違いだったのだ。助かったら龍馬とは別れよう。どうせ、またこういう思いをするに決まっている。こんな胸がふさがるような思いは二度としたくない。毎日、無事を祈って過ごすのはやり切れない。

夕方になって、西郷吉之助という人がやって来た。報せを受け、京の薩摩藩邸から駆けつけてくれたらしい。

「坂本さん。西郷さんだ」

三吉慎蔵の呼びかけに、龍馬はうっすら目を開けたが、口を利く力がなく、すぐに目をつむってしまった。

――夢を見ているらしいな……。

龍馬はぼんやりした意識のなかでそう思った。

お龍が階段の下から、素っ裸で駆け上がって来る。

乳房が大きく揺れている。きれいな裸だった。腰がきゅっと細くなり、尻から太腿《ふともも》は豊かだった。

「龍さん、たいへんや」

「おいおい、お龍」

苦笑すると、また、素っ裸で上がって来る。いま来たお龍は誰だったのだ。

龍馬に「たいへんや」と告げるといなくなるが、次から次に、裸のお龍が階段を上がって来る。

だが、龍馬は嫌ではない。なんて可愛い女なんだと思っている。

「龍さん。たいへんや」

キリがないので、

「大丈夫だ、お龍。おれにはこれがある」

龍馬はそう言って、取り出したのはなんとサツマイモではないか。

「なにしはんの、それで?」

「なんでおれはサツマイモなんか持ってるんだ?」

ペストルは失《な》くしてしまったのか。

あたりを見回すが、見当たらない。

すると、今度は目玉がぎょろりとした大きな顔が現われた。

こんな大きな顔は見たことがない。

顔だけではない。身体も大きい。だが、声音はやさしげである。

「……」

なにか言っているのだが、聞き取れない。異国の言葉なのか。

サツマイモはこの男にやることにした。

「持っていくがいい」

「……」

男は嬉しそうに礼を言った。

礼なんかいらない。

またお龍が来た。やはり素っ裸だ。

「お龍」

「なあに？」

「お前、おれを助けたんだな？」

「うちやおへん」

「誰が助けた？」

「観音さまや」

「そうなのか？」

すると、今度は観音さまが素っ裸で、階段を駆け上がって来て言った。

「龍さん、たいへんや」

丸々二日間眠りつづけて、三日目の朝――。

のぞき込んだ龍馬の頬にかすかな赤みが差していた。

ほとんど蚊に食われた程度の赤みだったが、これで助かる――と、お龍は思った。もうこの人とは別れるのだ。

龍馬は目を開けるとすぐ、枕元のお龍に気づいたらしく、

「あんたのおかげで助かった」

と、かすれた声で言った。お龍の小指にしがみついたみたいな、頼りない声だった。

「ううん。うちのおかげなんかやあらへん。龍さんが頑張らはったんや」

やはり、別れるわけにはいかない。これで別れたら、うちは鬼や。ぜったい別れない。

――この人は、うちが守らなあかんのや。

お龍は自分に言い聞かせていた。

第十五章　男装ふたたび

1

それから三日ほどして、ようやく龍馬の意識がはっきりしてきた。

床のわきにはお龍がいる。ずっと介抱し、世話をしてくれていたのだ。目を開けるとお龍がいるので、安心感もあった。

「驚かせたな、お龍」

龍馬は笑みを浮かべて言った。

「龍さんが、あんなに大勢の役人に狙われるほど大物とは思わんかった」

「おれも驚いたよ」

なぜ新選組ではなかったのか。

なぜ伏見奉行所の捕り方だったのか。

考えれば不思議なところもある。

連中は誰の命令で動いたのか。

「でも、西郷はんが言わはったえ。龍さんがおらんかったら、薩長の同盟はできんかったと。凄いなあ、龍さん」

「お龍。それは世辞だ」

「そうなん？」

「すでに下地はできあがっていたんだ。機は熟していた。最後のふんぎりがつかずにいただけだ」

龍馬は謙遜したわけではない。

慶応元年（一八六五）の閏五月に、最初の薩長同盟の試みは、西郷の不着によってお流れになった。その翌月、龍馬は中岡慎太郎とともに京都の薩摩藩邸に西郷を訪ね、長州藩のために薩摩藩名義で武器や軍艦を購入するよう要請した。西郷もこれを了承し、以後、長崎を舞台に薩長の協力が進んだ。

そこでは、いわば現場の藩士たちの薩長の垣根を越えた交流がおこなわれた。長州藩では英国からもどった伊藤俊輔（博文）、井上聞多（馨）、薩摩藩の黒田了介、吉井幸輔らである。また、英国では、伊藤と井上とともに密航した長州藩士たちと、すでに高杉晋作と知己を得ていた五代才助（友厚）らが、ともに親しくロンドン大学で学んでいる。その交流のようすも伝わって来ていた。

薩長同盟は、すでに軌道に乗っていたのであり、むしろ西郷や桂小五郎ら両藩の重役がためらっていたと言っていい。

しかも、龍馬は手柄を独り占めするつもりはない。薩長同盟のことは中岡慎太郎も龍馬に負けず劣らず尽力した。長州藩のほうは、中岡がいたから動かせたと言っていいくらいである。

中岡の凄いのは、当初から長州藩とともに動いていたくせに、薩摩藩との連合を発想したことだった。あれは、どこから湧いた発想だったのか。中岡はかなり変なところがあるから、それも発想に寄与したのだろうと、龍馬は思っている。

龍馬の着想の発端は、なんのかんの言っても、裏に勝安房守の考えがある。しかも、実現できたのは、勝を通じて西郷らと知り合えたことも大きかったのだ。

あらためて、勝安房守の洞察力にも感心する。

この先、どうなるかはわからないが、日本の大きな動きはほぼ勝の描いた道に沿ったかたちに動いているのではないか。

勝の話だと――。

勝がまだ貧窮のなかで蘭学塾を開いていたとき、藩主にもなっていなかった島津斉彬が来て、腹蔵なく今後の日本の進むべき道について話し合ったりしたらしい。さらにその斉彬が、老中だった阿部正弘に話をしてくれていた。それもあって、勝が出していた意見書が、阿部派で海防掛だった大久保忠寛に取り上げられ、異国応接掛附蘭書翻訳御用という、初めてのお役目を得たのだった。

西郷と勝のあいだに信頼が生まれたのも、勝がそのあたりを思い出話としてずいぶん語ったからだろう。あの、一流の講談みたいな口調で語られると、説得力は抜群なのだ。

そんなことをあれこれ考えながら、

「世のなかは、妙な糸で複雑につながっている」

と、龍馬は言った。

「はあ?」

お龍には、なんのことやらわからない。

「おれはまだまだ小さいということだ」

「龍さんが？」

「糸の数も少ない」

「糸が？　まさか、赤い糸の数が？」

「そうじゃない」

「よかった」

「とにかく、死なないでよかった。おれはまだまだしたいことがある。ほんとに、助かったのはお龍のおかげだ」

つくづくそう思う。

「そうや」

お龍は嬉しそうにうなずいた。謙遜などしないところが可愛い。

奉行所の捕り方はあのときいっきに駆け上がって来た。お龍が素っ裸で報せてくれたから、ペストルを用意し、逃げる手順も考えられたのだ。

「ペストルは？」

龍馬は枕元を見た。

「なかったみたいよ。三吉はんが、龍さんが潜んだ小屋を探してくれはったけど、そこにもなかったって」

「そうか」

どこかで落としてしまったらしい。

長州の高杉晋作からもらったものである。スミス&ウェッソンⅡ型アーミー32口径というやつである。

あのとき、龍馬は六発すべてを発射した。

突進して来た捕り方をひるませようと、無我夢中でぶっ放したが、いまとなると誰も死んでいなければいいと思う。

「ほんまに危なかったな」

「命の恩人だ、お龍は」

「そこまで言うてもらえたら、女冥利に尽きるわ」

そう言ってお龍は少し目をうるませ、

「ゆっくり休まはって。まだまだ活躍しはるんやったら」

「そうするよ」

そう言って、龍馬は目をつむった。

2

寺田屋の遭難からひと月が経ち――。

龍馬は、こっちのほうが休養に適しているというので、伏見の薩摩藩邸から京都二本松の薩摩藩邸に来ている。

陽の当たる部屋に寝かされ、滋養のある食べものを毎食出してくれる。たいそうなもてなしである。

だが、龍馬の回復は期待したほどではない。

立つたびに目が眩《くら》む。厠《かわや》へ立ってもどるくらいで、息が切れる。

心配した西郷が、

「坂本さん。この際、薩摩に来て体力を回復させるというのはどうです？」

と、言い出した。

「薩摩へ……」

前にも訪れている。いかにも南国然としたところで、のんびりできそうなところだった。

「さよう。薩摩のうまいものを食べ、海風に吹かれれば、体力はどんどん回復する。薩摩にはよか温泉もある。ゆっくり休養してたもんせ」

龍馬は考え、

「お龍は？」

と、訊いた。

「お龍さん？」

西郷は驚いて、わきにいるお龍を見た。それはまったく考えていなかったらしい。西郷には、女を連れて歩くという発想がない。というか、たいがいの男にはない。

龍馬はお龍を見た。

お龍もさすがにどうしたらいいかわからないのだろう。目を丸くして龍馬を見ている。だが、行きたくないわけがない。

「お龍もいっしょに連れて行きたいのですが」

「わかりました」

すぐに承知した。そこが西郷の大きさだろう。

「いいな、お龍」

「はい」

満面の笑みでうなずいた。

「では、さっそくそのように」

と、仕度が始まった。

このときになってようやく、

「じつは龍さんに言わないでいたことがあるんや」

お龍がすまなそうな顔をしている。

「なんだ？」

「近藤長次郎はんが亡くならはった」

見舞いに来た亀山社中の人から伝えられたのだ。ちょうど龍馬が眠っているときで、お龍はもう少し元気を回復してから伝えようと思いながら、日にちが過ぎてしまっていた。

「近藤くんが？　いつ？」

「一月二十三日やったと」

龍馬が寺田屋で襲撃されたのは、その夜のことである。

「なぜ?」

「龍さんたちは蒸気船を買うたんやろ?」

「ああ。ユニオン号のことだろう」

長州藩のために、薩摩藩名義で購入したものである。ふだんは亀山社中が使うというので問題も起きたが、すでに解決済みである。

「その代金として長州藩からもろうたお金で、近藤はんは倉場はんいう人の船でエゲレスに密航を企てはったんやそうや」

「ああ」

倉場というのは、グラバーのことである。

「でも、倉場はんの船が嵐で出航が延期になり、それで密航しようとしたのがばれてしもた。それをお仲間に責められ、切腹しはったそうや」

「なんてこった……」

龍馬は顔をしかめた。

龍馬の周囲に密航の経験者は大勢いる。長州の伊藤、井上、高杉、いまは英国にいる五代も上海に密航していた。龍馬自身も、機会があればぜひとも密航を経験したい。

仲間を裏切ったのは、近藤のしくじりだった。だが、死ぬほどのことではない。

「おれがいたら死なせなかった」

龍馬は、旧友の死を悼んだ。

「それともう一つ」

これもお龍は微妙な顔をした。

「なんだ、まだあるのか?」

「千葉佐那さんという人が、龍さんの見舞いにこの藩邸に」

「ここに?」

これには龍馬も仰天した。

この屋敷に匿われていることは、ほとんど知られていないはずである。しかも、見舞いというからには、怪我したことも知っているのだろう。

「千葉佐那さんに、龍さん、なにしはったんや?」

「なにもしてないと言っただろうが。勝手におれを懸想してるのだ」

そう言いつつ、後ろめたい気持ちはある。

まったく、のんびり怪我の養生などしているどころではないのだった。

3

移動の手順が決まった。

まず、ここ京都二本松の薩摩藩邸から伏見まで、街道を行く。

伏見で船に乗り、大坂の薩摩藩邸に入る。

そこでようすを見て、船で川を下り、湾内に停泊している薩摩藩の蒸気船〈三邦丸〉に乗り込み、下関、長崎、そして薩摩へ向かう。

「幕府のやつらが見張っているので、注意したほうがよい。坂本さんは、伏見まで駕籠に乗ってもらうが、お龍さんをどうするかだ」

西郷が困った顔で言った。

女連れは不自然かもしれない。

下手したら、やはりお龍さんは、となるかもしれない。

「いいこと考えました」

と、お龍は言った。

「いいこと?」

龍馬はお龍の表情を窺った。

突飛な女である。素っ裸で、危機を報せたりもする。なにを言い出すかわからないところがある。

西郷や小松もお龍を見た。

「龍さん。また、あれをやりましょ」

「あれって?」

「一力茶屋に遊びに行ったときもしたやつ」

「ああ、あれか」

龍馬は顔をしかめた。

お龍を若衆に化けさせて乗り込んだのだ。

だが、お龍はそのことから思いついたのではない。

最初に千葉佐那の姿が浮かんだ。千葉佐那なら、文句も言われず付いて行くことができるのではないか。そう思い、男装の着想が浮かび、一力茶屋のことを思い出した。

「男装します」

と、お龍は言った。

「ほう、男に化けるのか?」

西郷たちは呆気に取られた。

「うちは、かましまへん」

お龍はしゃあしゃあとしている。

「できるか?」

西郷が訊いた。

「ええ。総髪に後ろを結んで、袴穿いて、刀は龍さんのを借りればよろしおす」

「まったくお龍は」

龍馬が笑って、そういうことになった。

当日——。

お龍は、龍馬の世話は三吉慎蔵たちにまかせ、男装に夢中になった。

薩摩の武士は武骨である。一力茶屋に乗り込んだときの若衆とは、また違う感じにしなければいけない。

絣《かすり》の着物に、色の落ちた袴を借りて穿いた。

大小二本を差すと、あまりの重さで身体が傾きそうになる。

「では、参りましょう」

眉根に皺《しわ》を寄せ、できるだけ声を殺して言った。

歩き出すと、龍馬が駕籠のなかでお龍を見ながら笑い出した。

「いいなあ、お龍。なんなら、男になったらどうだ?」

駕籠のなかから声をかけてきた。

「坂本どの。お戯れを」

お龍はしかつめ顔で言った。

伏見まで来た。

寺田屋に立ち寄ることになった。もともと薩摩藩士が利用しているところだから、なにも不自然ではない。

お登勢には、騒がれないよう薩摩の藩士に頼んであらかじめ報せてもらった。

だから、挨拶に出て来たお登勢もさりげなくしている。

寺田屋で用意してくれた弁当も船に運び込まれた。

龍馬は駕籠からそのまま船に乗り込む。

それを見ていたお龍のところに、お登勢が寄って来て、

「お龍の助どの。立派にならはって」

と、からかった。

「かたじけない」

お龍が言った。

「坂本はんの面倒みられるのは、あんただけや」

お登勢は笑いをこらえている。

「わしもそう思う」

「元気でな」

「龍さんが元気にならはったら、また京都にもどって来ます」

最後だけ、地声で言った。

第十六章　鉾を抜く

1

蒸気船は速い。

龍馬とお龍が、西郷吉之助らとともに薩摩の蒸気船〈三邦丸〉に乗り込み、大坂を出航したのは三月五日のことである。

翌六日には下関、八日には長崎に入った。

三邦丸はこの前年に、薩摩藩がイギリスから八万ドルで購入した新しい船である。外輪はなく、内輪すなわちスクリュウで走る。

龍馬は長崎でお龍とともに船を降りた。

近藤長次郎の墓参りのためだった。

長次郎の墓は、寺町の皓台寺《こうだいじ》につくられた。風頭山の麓にある大きな寺である。

報せが走り、亀山社中の者も駆けつけて来た。

「龍馬、済まぬ。まさかこうなるとは」

黒木小太郎が詫《わ》びた。黒木は鳥取藩の浪士である。もともと千葉重太郎が鳥取藩の剣術師範をしていたため龍馬とも旧知の仲で、望月亀弥太らといっしょに勝麟太郎の弟子になり、神戸海軍操練所でもずっと行動を共にしてきた。綽名は陽気なヘビ。明るい男だが、その明るさがまとわりついてしつこい。

龍馬は黒木の肩を軽く叩き、

「近藤はそこまでして行きたかったんだろう。おれも行かなきゃな」

と、龍馬は言った。

「龍馬も？」

「ああ。当たり前だ。亀山社中は外国に行きたいやつが集まったんだ。外国に行くべきなんだ。そういう気持ちが皆に伝わってなかったから、近藤も秘密裡《ひみつり》に実行しようとしてしまったんだろう。おれの責任でもある」

それから龍馬は二十人近く来ていた亀山社中の面々を見回し、

「行くからな、外国へ」

と、言った。

ここでは新たに池内蔵太《いけくらた》も亀山社中に加わった。池は、土佐藩の浪士で、おもに長州勢と行動を共にしてきたが、旧友同士の龍馬と再会してからは龍馬といっしょにいることが多かった。綽名は腐った香水。汗をかくと、じっさいそういう臭いがする。

「じゃあ、黒木さん、頼むぞ。ひと月くらいで身体が癒えたら帰ってくるからな」

龍馬は仲間と別れ、ふたたび三邦丸へ乗り込んだ。

海風に吹かれるうち、龍馬の顔色がどんどん良くなっていくのに、お龍は感心した。

甲板に出て、龍馬と並んで海を見ながら、

「凄いね、龍さん。ずいぶん元気にならはった」

と、お龍は言った。

「やっぱり潮風がいいんだ。血が増えていくのが実感できる気がする」

「龍さんはほんまに海が合うんやね」

「そういうお龍もいっしょだ」

「うちが？」

お龍は日焼けを避け、手拭いで頬かむりをしている。

「初めて船に乗ったら、ふつうは船酔いにやられるが、お龍はなんともないだろうが」

「そうやね。でも、長崎で降りたときは、しばらくゆらゆらしとったえ」

「それくらいで済めばたいしたもんだ」

褒められてお龍は嬉しい。

南に来るほどに海が青くなった気がする。

船がかき立てる白い波は、ますます美しい。

「それにしても、速いねえ」

お龍は、海を見ながら言った。

「いつも、これくらいの速さで動きたいよな。歩く速さは、おれには遅すぎる」

「そうなん」

「できれば、海を走るときだけでなく、陸もな」

「陸も？」

「すでにそういうのはできているんだ。蒸気で走る機関車というものが、西洋にはある」

「へえ」

「海も、陸も、そして空も」

「空も？」

「いずれ空も飛べるような気がする」

「面白いわあ、龍さんは」

いったい何を考えて生きているのかと思う。見ているところも、いまよりも遥か遠くのほうなのだろう。

「そうか、面白いか」

「うちもいっしょに連れてって。うちも行ってみたいわ、よその国へ。お屋敷になんか住みとうない。丈夫な船で、よその国へ」

「そういえばな、西洋では結婚した男女は必ず旅をするらしいぞ」

「旅を？」

「そのことをな、蜜の月と書いて、ハニ・ムーンというのだそうだ」

「蜜の月？　甘そうやね」

「べたべたに甘いだろうよ」

「ふうん。うちらもそうやな」

「そうだな」

仲良く話す二人を、薩摩の藩士や、この船の水夫たちが不思議そうに見ている。「お熱いこって」などと、聞こえよがしにつぶやく水夫もいる。

「うちら、変なのかしら」

「変でもいいだろうが、別に。他人の思惑なんか気にしてたら、自分のやりたいことがやれなくなるぞ」

「そうやね、だいたい変な人は面白いもんね」

お龍は、この船に乗り込んだ日のことを思い出した。龍馬も変だが、下関で降りた中岡慎太郎も変な人だった。

龍馬は早々に船の寝室で横になったが、船が動き出すのを見ていたお龍のそばに来て、

「坂本くんはいいやつだが、危険を顧みないところがある」

と、中岡は言った。

「そうどすか?」

「ああ。あれではせっかく我々が努力してつくれるだろうこの国の新しいかたちを、見ずに人生を終えてしまうかもしれない」

「それは困りますなあ」

「そうだ。ま、そうなってもお龍さんのような人は、すぐに次の男が見つかる。例えば、ぼ、ぼ、ぼくのような」

急に赤い顔になって、口ごもった。

正直、少し薄気味悪かったし、いかにも変人らしかった。この前は可愛いと思ったが、この日はまったく思わなかった。たぶん気の迷いだったのだ。こういうことは龍馬には言わな

いほうがいい気がした。

「ねえ、龍さん。あれ」

お龍は海の彼方《かなた》を指差した。

山が煙を噴き上げていた。

「あれが桜島だ」

「あれがそうなん」

火を噴く桜島のことはお登勢から聞いていた。もっともお登勢だって、薩摩藩士からのまた聞きだった。

だが、目の当たりにすると、奇妙さに圧倒された。山が火を噴くというのはどういうことや？　地面の下でなにが起きてるん？

「もうすぐ鹿児島だぞ」

三月十日。龍馬たちは鹿児島に到着した。

2

それからしばらく、龍馬とお龍はいくつか温泉を巡り歩いた。

三月二十八日には、霧島の温泉に来た。

霧島周辺にはいろいろな温泉がある。皆、湯質が微妙に違う。十日ほど前には日当山《ひなたやま》温泉と塩浸《しおびたし》温泉に泊まっていた。日当山温泉は西郷のお気に入りで、塩浸温泉は傷によく効くそうで、赤っぽい色をしていた。

いったん鹿児島にもどり、今回はまず硫黄谷温泉に浸かった。ここは白濁した湯で、いかにも傷に効きそうである。そこから栄之尾《えいのお》温泉というところへ来た。

ここで小松帯刀が療養中だった。小松は若いが身体はあまり丈夫ではないらしく、足の痛みのために湯治に来ているとのことだった。

小松に招待されるようなかたちでここへ一泊し、翌日は高千穂峰に登ることにした。田中吉兵衛という、いかにも薩摩っぽらしい若者が案内をしてくれる。

「龍さん。無理せんといておくれやす」

「なあに、あれくらいの山」

だが、いざ登ると、やはり山道はきつい。ゆっくり登った。

天気には恵まれた。森を抜けると、山肌が赤くなった。霧島つつじが咲き誇っていた。薩摩の人が皆、自慢するだけのことはあった。

「わあ。きれいや。こんなとこ、京都にもあらへんな」

そのつつじも無くなると、砂地に岩がごろごろしているあたりに差しかかった。龍馬の息が荒くなっている。お龍がいちばん平然としている。

天気は晴れているのに、ときおり雲の一団が流れて来て、通り過ぎるあいだは靄《もや》に包まれる。

すり鉢のようなところの縁を辿《たど》って行くと、ついに頂上だった。

晴れてはいるが、ところどころに雲があって、周囲すべてが見通せてはいない。生憎、桜島は見えていないという。それでも、地上を遥か眼下に眺めるのは、痛快である。

いちばんてっぺんのところに妙なものがあるのに、お龍が気づいた。

「あれ、なんどす、田中はん？」

「あれぞ、天《あま》の逆鉾《さかほこ》です。神がここに降り立ったとき、刺したものだそうです」

田中は自慢げに言った。

「へえ。そうなん」

お龍が岩に手をかけながら上に登って行く。

龍馬もそのあとにつづいた。

田中は下から呆れたように二人を見ている。

「これがなあ。神さんがなあ」

お龍は間近に見て言った。

鉄製でずいぶん錆《さ》びている。

「ねえ、龍さん。これ、本物？　ほんまに神はんが刺したん？」

「そんなわけないだろうが」

龍馬が笑った。

「うち、引っこ抜いてみたい」

と、お龍は言った。思い切り変なことがしたくなった。龍馬の困る顔が見てみたい。

だが、龍馬は平然と、

「やってみな」

と、顎をしゃくった。

お龍は、逆鉾の周りの岩を一つずつどかし始めた。

「何してるんですか？」

下で田中が驚いたように訊いた。

「抜くの」

「や、やめてください。それを抜いたら、天から火が降ってくると、昔から言われております」

「大丈夫よ」

揺さぶると動き出した。赤さびがぱらぱらと落ちる。あまり重いような気もしない。

力まかせに引っぱってみた。

「あ、抜けた」

「ほんとに抜けるのかよ」

龍馬も驚いた。

抜いた鉾を倒すと、がらーんという乾いた音がした。なかは空洞になっているらしい。

しばらくぼんやりしていると、

「あ、天の逆鉾が抜けてる」

「火が降ってくるぞ」

「そうじゃない。この山が火を噴くったい」

などという声がしている。

「逃げろ」

「噴火が始まるぞ」

大騒ぎになった。

「それは大変だ。お龍、おれたちも逃げるぞ」

龍馬はふざけた調子で言った。

「うん。うちも逃げる」

二人が逃げると田中もいっしょに逃げ出した。

足元の悪い砂地を駆け下りながら、

「お龍。お前も相当な悪だな」

と、龍馬は面白そうに言った。

「龍さんほどやあらへん」

「いやいや。土佐ではお前のようなおなごをはちきんというのだ」

「はちきん？　なんや嫌らしい言い方や」

「江戸では、お侠とかお転婆とか言うけどな」

「そっちのほうがええわ。はちきんは嫌や」

「はちきんだ。はちきんのほうがふさわしいだろうが。寺田屋では湯から素っ裸で上がってきたし」

「いま、それを言わんといて」

「あっはっは」

笑いながら山を下りる二人を、田中吉兵衛が困った顔で見つづけた。

3

龍馬は西郷に頼まれて、薩摩藩の洋学校である〈開成所〉に行き、

「なんとしても海軍を養成しなければいかん」

と、話をした。

強い海軍を持ってこそ、日本はアメリカやフランス、イギリス、ロシアなどとも対等に話ができるのだ。そうしてこそ、国を開き、貿易で潤うこともできるのだ。

そのためには、船の技術を徹底して学ばなければならない。いまは買い入れる一方の蒸気船も、ゆくゆくはこの国でつくった蒸気船を、アメリカやフランスに買ってもらえるくらいにならないと駄目だ。

わたしの師匠の勝安房守は、日本は土地にこだわっては駄目だとおっしゃっている。日本は幸い大陸国家ではない、海洋国家なのだと。この広い海を自在に動き回る民なのだ。

その民を守る海軍を、早くつくろうではないか！

龍馬は力説した。

ところが、それからしばらくして不穏な報せが伝わってきた。

薩摩藩が亀山社中のために、イギリス商人のグラバーから〈ワイルウェフ号〉という小型の帆船を購入してくれることになった。これは、長州藩が金を出した木製蒸気船〈桜島丸〉

（ユニオン号の薩摩名）を薩摩藩名義で亀山社中が使うという話がこじれたかわりだった。

ワイルウェフ号は、大砲、小銃などの武器ばかりか荒鉄や銅地金を積み、長州藩から薩摩藩へ供与された米五百俵を積んだ桜島丸に曳航《えいこう》され、四月二十八日に長崎を出ていた。

船将は、龍馬が鹿児島に来る途中で会っていた黒木小太郎だった。亀山社中に入ったばかりの池内蔵太のほかにも亀山社中の者と水夫たちが乗り込んだ。

ただ、ワイルウェフ号は、マストが二本しかなく、しかも縦帆だけだった。これは操縦が難しい。それでも、蒸気船桜島丸が曳《ひ》いてくれるのだから、無事に鹿児島へ着くことは誰もが信じて疑わなかった。

それがなんとも不運なことに、四月三十日に外洋航海中に凄まじい嵐に襲われた。大波に翻弄され、二艘《そう》をつないでいてはかえって危なかった。ここは切り離すしか仕方がなかった。

桜島丸はどうにか無事に鹿児島に入港した。

だが、ワイルウェフ号がなかなか到着しないのである。

龍馬も心配した。蒸気船ならともかく、帆船は龍馬も自信がない。

ワイルウェフ号は漂流していた。

五月二日。五島列島中通島《なかどおりじま》の沖合まで来て、暗礁に乗り上げた。こうなると、木造船は弱い。まして、重い荷物を積んでいた。怒濤《どとう》に叩かれ、砕け、乗組員も海に投げ出された。

この報せを受けた福江藩は、急遽、救難隊を派遣し、わずか三人だけを救出した。船将ら十二人が、海の藻屑《もくず》と消えた。

助かった一人に、佐柳高次《さなぎたかじ》がいた。佐柳は、長崎の海軍伝習所上がりの水夫で、勝ととも

に咸臨丸で太平洋横断も経験していた。その佐柳が鹿児島に来て龍馬と会うと、

「申し訳ありません。おれの腕不足で」

と詫び、黒木の最後の言葉を伝えた。

「近藤長次郎の祟《たた》りかもしれぬとおっしゃってました」

「そんな馬鹿なことがあるものか」

だが、お龍はその話をわきで聞き、

――天の逆鉾を抜いたから……?

と、いささか不安になったりした。

第十七章　美しき夢を見る人

1

桜島は今日も小さく煙が揚がっている。

滞在先の小松帯刀の別邸で、桜島を見ながら龍馬は言った。

「おれの傷も癒えた」

「八割方やね」

と、お龍は言った。

まだ膿《うみ》が出ている。急に立つとめまいも感じるらしい。それでも、ずいぶん回復したことは間違いない。

「いや、九割五分だ」

「じっとしていられへんの？」

小松帯刀の別邸は、高台にあり、周囲は緑も濃く、ほんとうにいいところである。ここでご飯までつくってもらい、たまに温泉にも行く。こんなに快適なのんびりした暮らしは、生まれて初めてである。

できれば、あと半月くらいはいさせてもらいたい。

「というより、じっとしている場合ではない」

「そうなん?」

「先ほど、西郷さんたちと話をしてきた。どうやら、幕府がやるやると言いつつ延ばしてきた二度目の長州侵攻を決意したらしいのさ。しかも、幕府はしばらく中枢から外していた勝先生を、ふたたび軍艦奉行としてかつぎ出すつもりだとさ」

「勝先生を……」

龍馬は心底から師として慕っている。

「となると、長州藩は勝先生が率いる幕府海軍と戦うことになるかもしれない」

「それは龍さんも困るやろ?」

「困る。非常に困る」

「龍さんが行くと、どうにかなるん?」

「それはわからん。だが、こんな平和なところで、のんびり戦況を聞いている場合ではない」

「では、ここは引き上げるんやね?」

「ああ。米を運んで来た桜島丸は、亀山社中が運用することになっているが、いちおう長州藩の船だからな。それで戦が始まるなら、なんとか役立てたいはずだろうよ」

「いつ、ここを?」

お龍は訊いた。

「明後日」

「わかった。うちも長州へ?」

「いや、お龍は長崎で降ろす。あそこには亀山社中の本拠もあるし、おれはこの先、長崎を中心にあちこち動き回ることになるからな」

「長崎に……」

嫌ではない。

きれいな町だし、面白いものと出合うことも多い。

亀山社中の本拠があるということは、龍馬と新居を構えることになるのか。

だが、楽しみなことだけではない。

「戦には龍さんも出はるの？」

「そりゃあ、高みの見物だけとはいかんだろうな。長州と幕府の戦だが、場合によってはおれも応援することになる」

「死ぬ気？」

「いや、そんな気はない」

「……」

桜島丸が純然たる商船であれば、運用は商売をするためで、戦には出ないだろう。だが、お龍は桜島丸が大砲も積んでいることを知っている。

龍馬の目が輝いている。

お龍はその目を見て、顔をしかめた。

「お龍。おれが戦をしたいと思っているんだろう？」

「違うん？」

「戦を終えたあとのこの国のありようが見えて来る気がするんだ」

「この国のありよう?」

「ああ。いい国になるぞ。新しい国になるんだ」

この人は、なにを夢見ているのだろう。

お龍にはわからない。

2

お龍は長崎で降りた。

この前も世話になった小曽根英四郎のところに滞在することになった。

龍馬も数日は長崎にいた。

亀山社中の運営のことで、いろいろ話があったのだ。

お龍の出る幕ではない。ほったらかしにされている。当然、面白くない。

そんなお龍の気持ちを察したらしく、

「月琴を習え」

と、龍馬は言った。

「月琴?」

言葉は知っているが、見たことも聞いたこともない。

「ああ。将来、戦も終わって、暇ができたら、退屈したときに聞きたい」

「わかりました」

ちょうど、小曽根英四郎の姪《めい》のお菊がやっていて、教えてくれるという。

お菊のほうから月琴を持って来てくれて、

「これが月琴です」

「これが」

まん丸の胴に、短い棹《さお》がついている。三味線より愛嬌《あいきょう》のあるかたちである。

弦は四本あり、鼈甲でつくったらしい弾片でつま弾くようにする。

お菊が弾いてみせてくれた。

意外に音が硬い。琴のようにゆったりと弾くのではなく、指を細かく震わせたりもしなければならない。

借りて、試しに弾いてみる。

左手の指で弦を押さえる。その位置によって、音が違う。

面白い。指の位置が下に行くほど、音は甲高くなる。

なにか知っている唄は？

〽梅は咲いたか　桜はまだかいな
　柳やなよなよ　風次第

龍馬が酔っ払ってうたっていた。

口ずさみながら、その音を探す。

何度かやるうち、弾けるようになってきた。

「お龍さん、凄い。上達が早い」

お菊が驚いた。

「そう?」

「三味線をやってた?」

「ううん。やってみたかったけど、習ったこともない」

もう一台あるというので、この月琴を貸してくれた。

お龍は稽古に熱中した。こんなに夢中になったのも初めてかもしれない。

ほとんど一日中やっている。たちまち肉刺《まめ》ができて、つぶれたりした。それでも指に晒を巻きつけてまでやる。

龍馬もお龍の熱中ぶりに呆れ、

「習わせたのは失敗だったかな」

と、苦笑し、だがいくらか安心したように、下関に向けて長崎を出て行った。

龍馬がいなくなると、お龍はますます月琴に熱中し、たちまちお菊よりうまくなった。

いろんな唄を弾きたい。お菊に訊《たず》ねると、

「アメリカでは、六弦琴を弾くんだけど、流行りのきれいな唄があるの」

「それ、教えて」

「わたしはわからないけど、グラバーさんのおかみさんが知ってるの」

「行ってみよう」

二人でグラバー邸を訪ねた。

おかみさんの名は鶴といい、かつては芸者をしていたらしい。

鶴は、その六弦琴（ギター）を持って来て、弾いてみせた。

月琴より、音が柔らかい。胴で共鳴するので、目まぐるしくつま弾いたりはしない。

ただ、六弦も使うので、指の運びが難しい。

きれいな唄で、聞いていると、胸がきゅんとなる。

「ええ唄どすなあ」

お龍は思わず言った。それから慌てて、

「お上手どすなあ」

と、付け加えた。

「この唄をつくったのは、フォスタさんという人で、なんでも最近、亡くなられたそうですよ」

「まあ」

「いっときは景気もよかったけど、亡くなるころは貧乏で、お酒ばっかり飲んで、もうひどいことになっていたらしいんです。そんなぼろぼろの暮らしのなかで、この唄をつくったんだそうです」

「そんなときに？」

お龍は驚いた。

それでも、これほど胸に沁《し》みるような唄がつくれるなんて、よほどきれいな心を持った人だったのか。

「唄の名は、美しき夢を見る人っていうそうです」

「美しき夢を見る人……」

なんだか龍馬のことみたいだと、お龍は思った。

3

龍馬は下関に着いた。

久しぶりで高杉晋作と会った。この前に会ったのは、薩長同盟が成る少し前だった。寺田屋で九死に一生を得たのは、高杉からもらったペストルのおかげである。

相変わらず変なやつである。

顔からして変で、恐ろしく顔が長い。自分でもわかっていて、なんでも「乗った人より馬は丸顔」という狂歌もつくったらしい。

激すれば雷が鳴るようだが、飄逸《ひょういつ》の気配もある。こういう男は綽名も難しい。つけてもそれからはみ出すところが多い。とりあえず雷神うなぎにしている。

「遅いよ、坂本くん」

態度は大きい。龍馬より、四つか五つ年下のはずである。だが、この態度の大きさは生来のもので、誰に対してもこうなのだろう。

「すまん。雑用が多くて」

「おれは、もうやっちまったぜ」

「戦を？」

「そう。一昨日の晩」

嬉しそうに言った。戦をしたというより、夜這いでもして来たというような調子である。

「あれでな」

と指差したのは、小型の蒸気船〈丙寅丸《へいいんまる》〉である。

「周防大島の沖に幕府の大きな軍艦が四隻碇泊《ていはく》していたから、明け方、そっと近づいて、軍艦のあいだをコマネズミみたいに旋回しながら、大砲の撃ちっぱなしだよ」

「ほう」

「向こうは一発も撃ち返せないのさ。下手に撃てば、仲間を撃ってしまうと思ったんだろうな。軍艦はしばらく使いものにならんだろう。見せたかったよ、坂本くんに」

高杉はいかにも自慢げに言った。

だが、高杉が話した戦果に偽りはない。

第二次長州征伐が始まると、幕府軍はすぐさま、周防大島を攻略し、幕府の兵と、松山藩の兵が上陸し、ここでひどい略奪までおこなった。

ここは長州の岩国藩の領土で、瀬戸内海の海運の要でもある。

ここを押さえれば、岩国攻略は簡単だと踏んでいた。

そこへ高杉率いる小型軍船の奇襲で、海軍は劣勢に陥り、しかも略奪などで島民を怒らせ、にわか農民軍までできて、幕府軍は這《ほ》う這《ほ》うの体で退却する羽目になったのである。

「じゃあ、次は桜島丸が活躍する番か」

と、龍馬は言った。

「坂本くん。桜島丸という名前は駄目だろう」

「まあ、いかにも薩摩の船みたいだしな」

「変えるぜ。もう決めてある。乙丑丸《いっちゅうまる》だ」

「いいだろう」

龍馬も、船の名前などにこだわるつもりはない。

「坂本くんが船将かい?」

「いや、今回は千屋寅之助くんにやってもらう」

元土佐藩士で、龍馬が勝塾に入れ、神戸海軍操練所、亀山社中と行動を共にしてきた。龍馬より七つも若いからまだ二十五の若者である。

「若いね、大丈夫か?」

高杉はからかうように言った。

「まかせてください」

亀山社中きっての無鉄砲者で鳴る千屋である。目を光らせて言った。

高杉晋作の後ろには、やはり元土佐藩士の田中顕助《けんすけ》(後の光顕《みつあき》)がいる。龍馬より中岡慎太郎といっしょにいることが多かったが、近ごろは高杉に気に入られて、行動を共にしていた。

その田中を見て、

「次は丙寅丸を田中くんに動かしてもらうつもりだ」

と、高杉は言った。

「そりゃあいい」

龍馬も知り合いの仕事ぶりが楽しみである。


翌六月十六日――。

長州軍は、関門海峡を渡り、門司《もじ》を制圧し、さらに小倉城を攻め落とそうという戦略に打って出た。

この上陸作戦を援護すべく、海上から千屋が船将を務める乙丑丸と、田中顕助が機関長を務める丙寅丸のほか、三隻の軍艦とで、小倉に接近した。龍馬は乙丑丸に乗り込み、千屋の船将ぶりを見ている。

長州藩の海軍はこの五隻だけである。

そのうち、蒸気船は丙寅丸と、ふだんは亀山社中が使う乙丑丸だけで、あと三隻は帆船である。

一方、幕府の海軍は、富士山丸、龍馬も操縦したことがある順動丸、翔鶴丸という大きな蒸気船が来ている。

もっとも、その三隻の姿はいまは見えない。

「よし、行け!」

今回の作戦は、丙寅丸の高杉晋作が指揮を取っている。

夜明け間近、砲撃が始まった。

大砲が火を噴く。二十五ポンド砲。

弾は、戦国時代の単なる鉄の塊ではない。なかに火薬が入った爆裂弾である。

龍馬も訓練こそ何度もやっているが、こうして実弾が敵を撃ち、その被害を目の当たりにするのは初めてである。

興奮して、船の上から戦況を見つめた。

「こりゃあ、凄い」

幕府軍の陣がたちまち乱れていく。

そこへ奇兵隊などからなる長州軍が上陸を開始。

丙寅丸と乙丑丸はさらに岸へ近づき、幕府軍の陣へ惜しみなく弾を撃ち込んだ。

上陸した兵士たちは、迅速に動いている。

幕府軍の弾薬庫に押し入り、弾薬のありったけを奪い取った。また、海岸に並べてあった大砲は、奪うのは不可能なため、火をかけ、奪える野戦砲は上陸用の小舟に載せた。

さらに民家には火をかけて回る。

圧勝である。

そこで、高杉晋作は軍の引き上げを命じた。

「ほう。ここで引き上げるか」

龍馬は感心した。

上陸した兵もいっせいに退却し、船も皆、下関にもどった。幕府の海軍が出て来なかったので、五隻すべて、まったく被害はない。

――向こうはなにをしてるのだろう？

と、龍馬は首をかしげた。たぶん勝安房守は、まだ江戸にいるのだろう。

岸に降りた龍馬は、高杉のそばに行き、

「今日はここまでかい？」

と、訊いた。

「ああ。何度でもやるのさ。攻めては逃げ、攻めては逃げる。向こうのほうが戦力では断然勝るからな。だが、確実に疲弊していく」

そう言ってにやりと笑った。

この男、人となりは相当おかしいが、戦の天才かもしれなかった。

第十八章　できたかも

1

龍馬は長崎にもどった。

お龍を置いて下関に向かってから、およそふた月ぶりである。南国長崎でも、すでに涼しい秋風が吹いている。港から小曽根家まで歩くあいだに、赤とんぼの群れが二度、海に向かって飛んで行った。

ただでさえ黒い顔が、日焼けして、昼でも夜みたいな顔になっている。その顔をこすりながら、

「元気だったか、お龍」

と、龍馬は言った。

「忙しかったんやね。文も書けへんほど」

お龍は嫌味を言った。

龍馬は顔をしかめた。

確かに嫁にする前だったら、ふた月のあいだに何度か文を書いていただろう。しかも、面白いことを書いて、笑わせようともしたはずである。男は皆、嫁にしてしまうと扱いはぞんざいになるとよく聞く。自分もそこらの男といっしょなのか。

「むくれるな。とにかく駆けずり回っていたんだ。英四郎さんのことでな」

用事の多い龍馬にさらに面倒ごとが重なった。

いまお龍が世話になり、亀山社中の連中まで置いてもらっているこの小曽根家の英四郎が、商用も兼ねて大坂に行き、そこで大坂町奉行から長崎奉行への文を預かった。

ところが途中の長州で、大坂町奉行の文を持っているというのは、幕府の密偵だからだろうと、拘留されてしまったのだ。

英四郎は龍馬の名前を出し、その連絡が来ると、怪しい者ではないことを保証しようと奔走していたのである。

幸い、疑いは解け、まもなくこっちに来るはずである。

「そんなことがあったんや」

「まったく、予想もできぬことが起きる」

「でも、戦は長州が勝ったんやて?」

お龍はこの家の二階にいる亀山社中の仲間から、ときどき世間の動向について聞いているらしい。

「ああ、勝った」

「龍さんも戦わはったん?」

「ちょっとだけな」

あまり言うとお龍が心配する。じつは、船を岸に寄せたとき、弾丸が何度か、頭をかすめた。

それにしても、長州はよく戦った。高杉晋作が率いた奇兵隊は、幕府軍の本拠地となっていた小倉城を陥落させていた。

幕府軍はありていに言って、敗れ、退却したようなものだった。

あの差はやはり武器の差だろう。幕府は金を持っているのに、最新鋭の武器を準備することを怠っている。ケチなうえに、交渉が下手でうまく値切ることができなかったりするのだ。

「凄いなあ、龍さん」

「まあな」

この国を変えるということに関しては、ほぼうまく進んでいると言っていい。

ただ、足元のこととなると、不安だらけである。

亀山社中の金繰りがうまく行っていない。

龍馬の夢は、蝦夷地開拓である。火をつけたのは、元土佐藩士で池田屋事件のときに死んだ北添佶摩だった。いまや、目をつむると蝦夷の荒野が広がるくらい、龍馬のなかで夢の土地になっている。その荒地を開拓するだけでなく、蝦夷の物産を江戸や大坂に運び、亀山社中の商売も軌道に乗せたい。

だが、この計画はほとんど進んでいない。

亀山社中の仲間から、

「龍馬は二兎《にと》を追っているからだ」

と言われることもある。国事か、商売か、どっちかにしろと。

だが、国事で金は儲《もう》からない。国事で儲けようとすれば、幕府側についたほうが儲かるに決まっている。

本当は土佐藩を巻き込みたい。薩摩、長州と足並みを揃えてくれたら、龍馬も儲かるし土佐藩にも役に立つことになる。なにか、いい機会はないものか。

「お龍。月琴はやってるか?」

龍馬は腰を下ろし、庭に向けて足を伸ばして訊いた。

「もちろんや」

お龍は月琴を持ち出して弾いた。

聞いたことのない旋律である。甘やかな春の夜風のようでもある。

目を閉じて耳を傾ける。

曲が一段落したところで、

「きれいな唄だな」

と、龍馬は言った。

「でしょ」

「オランダの唄か?」

「ううん。アメリカ。ほんとはあちらの六弦琴で弾くんや」

「ああ、六弦琴な」

「唄の題は『美しき夢を見る人』というんやて」

「美しき夢を見る人か」

「龍さんのことみたいやと、うちは思うたんえ」

「違うな。おれは、欲深き夢を見る人だ」

そう言って、龍馬は笑った。

2

龍馬はこの三日ほど、お龍のそばにいて、ずっとエゲレス語の勉強をしたり、考えごとをしたりしている。

ときどき、お龍に、

「あの唄を弾いてくれ」

と言って、お龍が弾き出すと黙って聞いている。

動き回るときは、まるで天馬にでも乗っているようだが、動かないときはまったく動かない。勉強するときは、一日中だって勉強している。

ほんとに変な男である。

龍馬が言うに、勉強というのはそれくらいでないと身につかないらしい。

勝先生というお人は、若いころオランダ語を学ぶとき、分厚い辞書を丸写しにして言葉を覚えたらしい。

「おれだって、航海術を学んだときは、書物を手離さなかったくらいだ」

「そうやろな」

袂に書物を入れているのも、何度も見ている。

だが、おとなしくしていたのも四日目の夜までだった。

晩飯のあと、急にそわそわとし始めた。

「龍さん、怪しいなあ」

「なにが？」

「丸山やね？」

「なんで丸山を知ってるんだ？」

「上の人たち」

と、お龍は二階を指差した。

「あいつらから聞いたのか。まったくなんでもしゃべるやつらだ」

「京の島原みたいなとこなん？」

お龍はしらばくれて訊いた。江戸の吉原、京都の島原、長崎の丸山と言ったら、日本三大花街らしい。

場所も知っている。昼間、あのあたりを歩いてみた。

ちょうどここ小曽根家とは山の向こう側になり、思案橋を渡って行く。唐人屋敷が近くにあったり、出島からも近かったり、いかにもというところである。とくに人気の遊郭らしい〈花月楼〉の前も歩いてみた。

大きな提灯が下がって、いかにも龍馬が好きそうなところだった。

「おれは島原なんか行ったことはないぞ」

「でも、丸山ではもてるって聞いたえ」

「それは、おれが代金を支払うからだ」

龍馬は慌てたように言った。

もてるというのはカマをかけただけなのだが、どうやら本当らしい。だが、龍馬は話が面白いからもてると、寺田屋のお登勢も言っていた。

「それにしても、二階の人たちもよう遊ばはりますなあ」

「まったくだ。亀山社中も金が足りないわけだ」

龍馬も同感らしい。

いったいに浪士や志士は遊び過ぎだと、お龍も思う。なかには、遊ぶために脱藩したのかと思いたくなる人もいる。

明日をも知れぬ命ということもあるのだろうが、やけっぱちになっている。龍馬にはそうはなって欲しくない。

付き合いもあれば、商談もするのだろう。行くなとは言えない。

「泊まりはあかんえ」

お龍は龍馬の背中に言った。

「わかった」

うなずいて出て行った。

送り出すと、お龍は急に不安になってきた。寺田屋のあのときのことが蘇る。風呂から素っ裸で飛び出し、階段を這うようにして駆け上がった。あの階段は十六段あって、板が薄いからぎしぎしと鳴って、上まで行くと行灯《あんどん》を前に龍馬と三吉が楽しそうに話していて、お龍を見たときの龍馬の唖然《あぜん》とした表情など、思い出すたび細かいことまではっきりしてくるのだ。

それから、もしあのとき龍馬が捕り方に捕まったりして死んでいたら、いまごろ自分はどうしていただろうと、そこまで考えてしまう。もちろん自分には家族があるから死ぬわけにはいかない。ひとまず母のところに行くことになるかと、そこまで考えて、頭を振り、考えるのをやめにした。

龍馬は明け方になって帰って来た。酒といっしょに白粉の匂いもする。

薄目を開けたお龍に、

「ほら。泊まらなかっただろう」

と、言い訳するみたいに言った。

3

「お龍。出かけるぞ」

「はい」

丸山で遊んで来た罪滅ぼしのつもりか、この数日はどこへ行くにも龍馬はお龍を伴っている。

「今日はどこへ?」

「グラバーの家だ」

「あ、はい」

この前はグラバーのおかみさんを訪ねた。そのときは、グラバーは出かけてでもいたのか、顔を見せなかった。

龍馬は何度も来ているらしい。

この前は入らなかった庭のほうに通されると、グラバーがいた。大きな人で、立派な髭《ひげ》がまたいかめしい。だが、歳は確か、龍馬より若かったはずである。

「おう、坂本さん」

「ミスターグラバー。マイワイフです。お龍です」

龍馬がお龍を紹介した。

「おう。有名なお龍さん。お鶴と会いましたね」

「はい」

お龍は珍しく硬くなっている。

外国人とまともに話すのは初めてである。挨拶の仕方もわからない。

龍馬に倣って、お龍も椅子にかけた。

「ドラゴン夫妻。ドラゴンズラブですね」

グラバーが言った。

「は、はあ」

なにを言えばいいのか。ふだんはおしゃべりなお龍も言葉がない。

「ぴったりです。お二人。素晴らしくお似合いです」

「ど、どうも」

大げさに言うので、褒められているというより、からかわれている気がする。

「お龍。ここで待たせてもらえ。おれはグラバーさんと大事な話がある」

龍馬はそう言って、グラバー邸のなかへ入ってしまった。

一人残されたお龍のところへ、洋装をした日本人らしい男の子がお茶を持って来た。この前もお鶴さんに出してもらった紅《あか》いお茶で、砂糖と牛乳を入れて飲む。素晴らしくおいしいが、お龍はカッフェというものも飲んでみたいと思った。

お茶をすすりながら、グラバー邸と長崎の景色を眺めた。

それほど高い山ではないが、長崎の港がすぐ真下に眺められる。まるで自分の家の池みたいである。

なんて素晴らしい暮らしなのか。

こんなきれいなところに住めるのだったら、長崎の暮らしも悪くない。まして、ここは一年中暖かいらしい。

海を見ながら腰かけて、一日に一度、のんびりとおいしいお茶を飲む。京都にいる時分には考えてもみない夢のような暮らしだった。

四半刻《とき》（およそ三十分）ほど待ったか、龍馬の話は終わり、グラバー邸を辞去した。

坂道を下りながら、

「明日、下関に行く」

と、龍馬は言った。

「また戦？」

「いや、戦は終わっている。心配するな」

「それでも、龍さん。うちをそばに置いといたほうがええよ」

お龍は龍馬の袖に摑まりながら言った。下駄を履いてきたので、坂道を下るのが怖い感じである。

「なぜ？」

「寺田屋のときみたいに助けてあげることもできるし」

じつは、龍馬がいないとき、小曽根英四郎にペストルを習った。英四郎は長崎では有名なペストルの名手なのだ。月琴同様、お龍は英四郎が驚いたほど上達が早かった。

ペストルを持ってお龍がそばにいれば、あんな寺田屋みたいなことがあってもまったく怖くないだろう。

「ああ。あれはお前のおかげだった」

「だから、うちを連れて行き」

「そうだな。下関に伊藤助太夫という人がおってな、大名相手の宿をしている大金持ちだ。おれはそこへ泊まるようにしている。今度、お龍をそこへ連れて行く」

「なんで下関に？」

「下関にもおれの社中をつくる予定がある」

「亀山社中は？」

「それはそれだ」

「……」

なにを考えているのかわからない。

「しかも、伊藤さんはおれの蝦夷地開拓についても賛成してくれた」

「蝦夷地……」

龍馬が行くなら、自分も行かなければならない。ものすごく寒いところだと聞いている。京都の冬も寒いが、あんなものではないらしい。

グラバー邸の庭で夢想したことは吹き飛んでしまった。


下関に行った龍馬は、ひと月ほどでまた長崎へ帰って来た。師走になっている。

「ややができたかもしらん」

と、火鉢に炭を足しながら、お龍は言った。

「ほんとか」

「わからへんけど、遅れとる」

嘘ではないが、もともと遅れたりしがちだった。

だが、龍馬にこの台詞をいつか言ってみたかった。ほんとにできていて欲しい。そうしたら、龍馬ももう少し落ち着いてくれるのではないか。

「子どもか……」

そう言って黙りこくった。

俯き、顔を上げ、また俯いた。その顔は子どもみたいである。

なにを考えているのかわからない。

「困る?」

と、お龍は訊いた。うなずかれたらどうしよう。

「困ると言うか。まあ、できるようなことをしてるのだから、困っても仕方がないだろうな。ただ」

「なに?」

「おれが父親になっている姿を想像できないんだ」

「そうなん?」

「だいたい、来年のいまごろ、この世にいるかどうかもわからんぞ」

「それは皆、いっしょや」

本当にそうなのだ。有為転変なのだ。諸行無常なのだ。

「そうだな」

「うちがついていたら、なんとかなるやろ」

お龍はそう言って、龍馬を見た。

龍馬は答えず、炭火に目をやっている。炭は粉が多いせいか、パチパチ音を立てて弾《はじ》けている。

第十九章　海援隊誕生

1

慶応二年（一八六六）の十二月になって、徳川慶喜が十五代将軍に就任した。つづいて孝明天皇が崩御したが、元号は変わらず、明けて慶応三年となった。

孝明天皇の死については不審なところがあり、京都では暗殺説が囁かれている——というのは、新年早々に京都から下関にやって来た、中岡慎太郎の言うことだった。

「おぬしはどう思っている？」

龍馬が中岡に訊くと、

「どうかな」

と言って、にやりと笑った。

どうも暗殺について知ってはいるが、言えないということなのか。

天皇が暗殺されたとしたら、ずいぶん物騒な世の中になったものである。そんな世の中でいいのか、という思いもある。誰もが殺される危険があるなら、言いたいことが言えないではないか。それは龍馬の気質には合わない。

龍馬がいるのは、下関で旅館業を営む伊藤助太夫のところである。下関は今後、龍馬にとっても拠点となるし、日本にとっても貿易の拠点になっていくのではないか。長崎は京都大坂からあまりに遠いが、下関なら京都大坂にも近いうえに、上海への往復も長崎と変わらない。

しかも、龍馬の胸のなかでふくらみつつある蝦夷地開拓の夢に、伊藤助太夫も援助を申し出てくれた。

蝦夷地開拓については、亀山社中でも意見が割れているので、下関ではそちらを中心に活動するつもりで、

〈馬関商社〉

というのを立ち上げたいとも思っていた。

それもふくめて、いま、いろんな人間と会っている。

時局のことでは、龍馬としてはなんとしても土佐藩を引っ張り出したい。それと、素晴らしい軍事力を持つ佐賀藩も。ただ、佐賀藩は説得に月日が要りそうだった。

薩摩と長州に手を組ませたことは、時局を大きく動かしたはずだが、自分がいた土佐藩がいつまでも愚図愚図しているのは、なんとも歯がゆいことではないか。薩長に対しても肩身が狭い。

薩摩の西郷吉之助も、土佐を動かしてくれと言っている。そのためには、自分もいくらでも動くと。

それは中岡慎太郎も同じだった。

龍馬と中岡は薩長同盟のときと同様、この件でも力を合わせている。

「これは、下手したら、薩長同盟より大仕事かもしれないぞ」

と、中岡は言った。

「ああ、おれもそう思う」

「どこを突っつけばいい？」

「中岡、おれは後藤象二郎と会う」

と、龍馬は言った。

「後藤と……」

中岡は眉をしかめた。

後藤象二郎は、いま、土佐藩の参政となって中枢にいる。もともと武市半平太たちに暗殺された吉田東洋の義理の甥《おい》にあたり、江戸の開成所で航海術を学んでから大監察となり、土佐勤王党を弾圧した。

武市半平太を切腹させた張本人とも言える。

「嫌いか？」

「当たり前だ」

中岡は龍馬よりももっと武市に近かった。武市の道場に寄宿していたこともあったくらいである。

「だが、好き嫌いなど言っていたら、仕事はできないぞ」

「だいいち、あれは公武合体派だろうが」

「そんなことはたいしたことではない」

「たいしたことではないだと？」

中岡は呆れた顔をした。

「どうも、後藤もおれと話したがっているらしい」

長崎で何度も顔を合わせた土佐藩士に、溝渕広《みぞぶちひろ》之《の》丞《じょう》と松井周助の二人がいた。溝渕は、江戸で佐久間象山のところでともに砲術を学んだ仲である。綽名は大砲珍宝。いっしょに湯に入ったときにつけた。松井は洋式軍艦の操縦を学んでいて、後藤とも近い。綽名はどんぐりおっさん。

この二人に周旋を頼んであった。

「後藤に利用されないか？」

中岡は疑り深そうな目をして訊いた。

「向こうもそう思ってるだろうな」

龍馬はそれもどうだっていい。

「おれは冷静には会えないかもしれぬ」

と、中岡慎太郎は言った。

「ああ、おれが会うよ」

と、龍馬は言った。

2

いろんな人に会いながら、龍馬はいつになくお龍のことが気になっている。

いや、気になっているのはできたかもしれないという子どものことなのか。喜び。自分が父親になるのが信じられない気持ち。将来の期待。不安もある。さまざまな感慨がこみ上げる。

お龍に文を書くことにした。

この前は、慌ただしく長崎を発ってしまい、申し訳なく候。
あれからずっと、お龍のことが気になっており候。
どうか子どもを大事に産んでくれ。
最初は驚いたが、近ごろは、
おれも楽しみになってきた。
男でも女でもかまわん。むしろ、女のほうがいいかもしれぬ。
おれとお龍の倅《せがれ》だったら、
とんでもないやつになるかもしれぬ。
筋骨だけは、りゅうりゅうだろうが。
女でお前に似たら、たいしたべっぴんになるだろう。
京都に行ったら、お登勢さんには話しておくか。
いや、まだ早いかな。
とにかく身体に気をつけてくれ。
長崎は坂が多いから下駄はやめたほうがよい。

ペストルの稽古も適当にしておけ。音が腹に響きそうだから。

玉子は身体にもお産にもいいらしい。

英四郎さんに頼めば、入手できるはずだ。

おれがそう言っていたと伝えてくれ。

いっぱい食って、よく寝ることだ。

では、また。


龍からドラゴンお龍へ。


書き終えて龍馬は苦笑した。

下駄はやめろとか、ペストルを撃つなとか、注意が細か過ぎる。

「老婆心か、おれも」

やはり出すのはやめようかと思ったが、それでも長崎へ行く者へ預けた。

そうこうするうち、溝渕が返事を持って来た。

「後藤さんが会いたいと言っていますよ」

「会いたい?」

「ええ。会ってやるではありません。わたしも坂本さんの立場を尊重しながら話しましたので」

「よし」

龍馬はすぐに長崎に飛んだ。

長崎に帰って来ると、お龍が珍しくすまなそうな顔をして、

「龍さん、かんにんえ。あれ、間違いやった」

と、詫びた。

「間違いって、子どもがか？」

「そうや」

「途中で駄目になったわけじゃなく、最初から違ってたのか」

「そうみたい。せっかく、あんな文もくれはったのに」

「はあ」

拍子抜けである。

だが、心のどこかにホッとしたところもある。子どもができたら、重い荷物のように感じ、いまみたいには飛び回れなくなるのではないか。

「龍さんが忙しすぎるんや」

怨《うら》みがましい目で言った。涙がにじんできたので、龍馬は慌てて目を逸らした。

「そうだな」

と、龍馬はうなずいた。お龍もこんなにがっかりしているのだ。責めるようなことを言ったら可哀そうである。

「ま、焦らずにやろう」

龍馬は自分でもよくわからないことを言い、それから〈清風亭〉へ向かった。そこで待っ

てくれているらしい。

清風亭は榎津町《えのきづまち》にあり、亀山社中からも近い。

小さな平屋建ての料亭だが、入り口や庭の造りも凝っている。

いかにも値の張りそうな店で、藩の重臣などが好むのだろう。自腹ならこんなところへは来ない。後藤象二郎の招きである。

「お、坂本さん。よく来てくれた」

後藤は笑顔で迎えた。

「久しぶりですな、後藤さん」

初めてではない。去年の秋、大浦慶《おおうらけい》の屋敷でも会っている。大浦慶というのは油問屋の娘で、女ながら商才があった。茶の輸出を手がけ、莫大《ばくだい》な財をなし、グラバーとも親しいこともあって、亀山社中も援助してくれていた。

後藤とは、その前、土佐にいるときも何度も道で会っているが、当時は身分が違い過ぎて、話もしていない。脱藩したいまは、藩の身分は関係ない。歳は後藤より龍馬のほうが三つ上である。綽名はまんじゅうほっぺにした。無論、ないしょである。

龍馬も酒が強いが、後藤も強い。

先に酔ったほうが勝ちだとばかりに、凄い勢いで飲み始めた。

最初、芸者が二人いたが、すぐに帰した。隣の部屋では、溝渕や亀山社中の連中も飲み食いしているが、こっちの部屋は龍馬と後藤の二人だけである。少し前なら、暗殺の恐れもあったかもしれないが、いまとなってはそれもない。

料理は、和洋折衷、刺身もあれば、肉も出るという按配《あんばい》だった。

「後藤さんは肉を食べるのかい?」

「うまいもんだよ。おれは大好きだ」

「そうだ。だいたい日本人は、食わず嫌いが多過ぎる。あらゆることに関してだがな」

「そうかもしれぬ」

「西洋もそうだ」

「うん、そこでだ。土佐藩も長崎で貿易をおこないたい」

と、後藤が言った。

「そうすべきだな」

龍馬は葡萄酒《ぶどうしゅ》を勧めた。

後藤はいっきにあおり、

「そのため、〈開成館貨殖局長崎出張所土佐商会〉というのをつくろうと思っている」

「長いな」

「土佐商会だけでもいい」

「それでいい」

「だが、商売をするとなると、薩長とも親しく付き合わざるを得ない」

「そりゃそうだ」

そこまでわかっていれば話は早い。

互いに胸襟を開き、あとは素面《しらふ》になってからだと、二人は存分に泥酔した。

3

二月になって——。

お龍は龍馬とともに、下関へ向かった。長崎は名残り惜しいが、龍馬のためなら仕方がない。

だが、いざ伊藤助太夫の旅館に入ってみたら、ここも景色のきれいなことに驚いた。

「はあ」

目を瞠ったまま、声も出ない。

裏に小高い山を背負って、真ん前は海峡である。グラバー邸も海を一望できたが、ここはもっと近い。向こうの岸は、九州だという。

見ていると、潮の流れがわかる気がしてくる。

「ここは潮の満ち引きで流れが逆になるのだ」

と、龍馬が言った。

「そうなん?」

「大昔は、ここで源平の合戦がおこなわれた」

「はあ」

「つい最近は、異国の船だの幕府軍だのも相手に戦をしている」

「……」

景色はいいが物騒なところでもあるらしい。

「当分、ここがおれの本拠地になるぞ」

と、龍馬は言った。

立派な建物ではあるが、龍馬が借りた部屋は目立たないところにある。

女中部屋の奥で、裏門に近い。表から入る客は、こっちにはほとんど来ない。

龍馬はなにがあるかわからないというので、伊藤はこの部屋をあてがってくれた。

三畳ほどの板の間である。

室内に額があり、〈自然堂《じねんどう》〉とある。この部屋の名でもあるらしい。

「いい名前だ」

龍馬は気に入ったらしい。

「自然の堂なんですね?」

お龍は訊いた。よくわからない。

「そうだ。あるがままだ。そんな境地には、なかなかなれるものじゃない。この狭さもいい。

おれは、自然堂を号にしよう」

「それほど……」

ずいぶん気に入ったらしい。

お龍は、もう少し広くてもいいと思った。

龍馬は、ここが本拠地だ、自然堂が気に入ったと言うわりには、しょっちゅう長崎に出かけて行く。

今度は、長崎で撮ったという写真を持って来て、

「どうだ？」

と、自慢げにお龍に見せた。

「え？　これ、龍さん？」

ずいぶんいい男に写っている。しかも、じっさいより色も白く見える。

にやりと笑って、

「そりゃあ、いちばんよく写るように撮ってもらったからな。焼きも少し甘くしたから、色白に見えるだろう」

自然堂の号はどうしたのだろう。

「足、どうしたん？」

変なものを履いている。

「これか、置いてあったブーツというものだ。西洋人が履くというので履いてみた」

「買わはったん？」

「買ってはいない」

「なにでできてるの？」

「牛革だそうだ」

「気持ち悪くないん？」

「むれるな」

お龍はもう一度、写真をじいっと見て、

「なんだか楽しそうや。うちを長崎に置きたくなかったのと違う?」

「おいおい、邪推だ、それは」

龍馬は慌てた顔をしたが、いちおう信じてあげることにした。

四月になると、龍馬は亀山社中を〈海援隊〉と名称を変えることにしたらしい。そのかわり、土佐藩の傘下となり、龍馬はまた、土佐藩にもどることになった。

資金が足りず、借金ばかりしていたが、金のことは一息ついた。

充分な報酬を出すことができず、龍馬はずっと悩んでいたのだ。

そんなとき、龍馬はぽつりと、

「人間というのは、牡蠣殻《かきがら》のなかに住んでるのさ」

と、言った。突飛なことはよく口にするが、牡蠣殻に住んでいるというのはどういう意味なのか。

「牡蠣殻?」

「蛤《はまぐり》の殻でもいい。要は、それぞれちっぽけな殻のなかに住んでるってことさ」

「いつから、そんなことを?」

「いつからかな。ずっと思ってきたかもな」

「龍さんも牡蠣殻のなか?」

「出たいさ。だが、殻に守られていないと、死んでしまうのかもしれないな」

龍馬はまた土佐藩士になるなんてことはしたくなかったのだと、お龍は龍馬が可哀そうだった。

第二十章　いろは丸沈没

1

とんでもないことが起きた。

ふだん暢気《のんき》で楽天的な龍馬も、これには愕然《がくぜん》とし、不運を呪った。

海援隊の初仕事だった。

龍馬は意気揚々と、蒸気船〈いろは丸〉に乗り込んだ。この船は、大洲《おおず》藩から一航海十五日につき五百両という契約で借り入れたものである。

荷物を満載して、長崎港を出て大坂に向かった。慶応三年（一八六七）四月十九日のことだった。

紅白紅の海援隊旗が海風にはためく下で、隊員たちは意気揚々と舟唄をうたった。

〽今日をはじめと乗り出す船は
　稽古はじめのいろは丸

長崎を出て五日目の四月二十三日午後十一時。

讃州《さんしゅう》箱ノ岬にさしかかったとき、突如、夜の濃霧のなかに巨大な船が出現した。

当番士官の佐柳高次が最初に気づき、

「ぶつかるぞ。左だ、左に回れ!」

急いで船首を左に向けた。

だが、相手の船はこっちに気づいたのかどうかはわからないが、右に迂回《うかい》しようとした。

こっちが左に進んで、向こうが右に回れば、当然、ぶつかることになる。

この船は、紀州藩の蒸気船〈明光丸〉だった。百五十馬力、八百八十七トン。

一方のいろは丸は、四十五馬力、百六十トンしかない。

日本初の蒸気船同士の追突事故になった。

大きさがこれだけ違うと、小さいほうの被害がひどくなる。いろは丸は右舷に衝突された。

凄まじい衝撃で、寝ていた龍馬も飛び起きた。

「なんだ?」

甲板に出ると、目の前に巨大な船がいる。

「そっちの船の者!」

龍馬は怒鳴ったが、返事はない。

が、誰もいないわけではない。

巨大な船はいったん後退するが、もう一度、前進して来て、今度は右の艫《とも》に衝突した。龍馬も衝撃で甲板を転がった。

「何をしてるんだ!」

機関士の腰越《こしごえ》次郎が、こっちから小さな錨《いかり》を投げ、二つの船をつないだ。この綱を伝って、いろは丸のほうから、乗組員が明光丸へと乗り移っていく。

龍馬はすぐに対応策を考慮し、とりあえず乗組員は全員こっちに移り、壊れた船を曳いて近くの港まで行くようにと頼んだ。

ところが、明光丸の船長で紀州藩士の高柳楠之助は、

「そんなことをしたら、こっちの船も危ない」

と、承知しない。

そのうち、いろは丸は龍馬たちが見守る前で、海の底へ沈んでいった。

「とんでもないことをしてくれたな」

龍馬は高柳に冷静な口調で言った。

「当船に不手際はない」

「何を言うか。船の横と艫にぶつかっていること自体が、そっちの不手際だというのは明らかだろうが。まあ、とりあえず、備後の鞆《とも》に入港しよう」

明光丸は鞆の港に入った。

龍馬はこのまま、賠償させることで話の決着をつけたい。荷物を大坂まで運ぶだけが龍馬の仕事ではないのだ。

ところが、高柳は藩命があって、いますぐ出航するという。しかも、その言いようが、紀州藩という御三家の身分をちらつかせる。

——この野郎。

龍馬は内心、ムッとしているが、

「わかった。それでは長崎で話の決着をつけよう」

ということになった。

2

お龍が海辺を散策してもどって来ると、部屋に龍馬がいた。

「あら、龍さん。どうしはった?」

今日あたりもどるとは言ってなかったはずである。

「お龍。おれはついてない男かもしれぬ」

いつになくふてたような顔をしている。

「どうしはったのん?」

「海援隊の最初の仕事で船を出したらな……」

そこで横になった。よほど疲れているらしいが、子どもみたいなしぐさでもある。

龍馬はいろは丸の顚末《てんまつ》を語った。

ひどい話ではないか。

「でも、紀州藩がすべて弁償してくれるんやろ?」

「それはこれからの交渉次第だ。まったく、これからだというときに、どうしてこんな事故が起きるのかね。疲れるぞ、いい加減」

龍馬は愚痴った。

寝ていたのが、起きて頭を掻きむしった。髷《まげ》が乱れ、凄いことになった。

「ご飯は？」

お龍は訊いた。

「腹は減っている」

「じゃあ、まずご飯を食べてからや。腹が減ってはなんとやらやからね」

「そりゃそうだ」

龍馬も素直にうなずいた。

宿の台所に行き、飯とおかずになりそうなものを皿に載せ、残りものの味噌汁《みそしる》は冷えたまま持って来た。龍馬はよく食うが、食いものなどにうるさくはない。

「悪いのは紀州藩なんやろ？」

飯を食い始めた龍馬に、お龍は訊いた。

「こういうのは難しいところでな。どっちにも言い分はあるのさ。だが、紀州藩が悪いということにしなかったら、海援隊はそのまま終わりだ。おれも終わる」

「まあ」

「これが愚痴らずにいられるか？」

「そやね。愚痴ってもええよ」

「そうか。お龍はほんとに頼りになる」

「そんな龍さんは珍しいからや」

「どんなおれだ？」

「しょぼくれはって、元気がのうて」

お龍がそう言うと、龍馬はまだ半分しか食べてないのに箸を置き、

「おれはもともとそういう子どもだった。泣き虫で、情けなくて、人見知りで、人と争うのも嫌いで。いまも、おれのなかには、そういうもう一人のおれがいる」

「わかるよ、それは」

と、お龍は言った。逞《たくま》しい龍馬、ふてぶてしい龍馬の陰に、情けなくて、抱き締めてやりたい龍馬がいる。それは、女ならたぶん皆、感じる。可愛いと思う。だから、この人は、まるで美男子でもないのに、女にもてるのだ。

「寝たら、どう？　疲れはったやろ？」

と、お龍は囁くように言った。

「そうだな」

龍馬は頭をお龍の膝に載せ、横になった。

「重くないか？」

「平気」

「柔らかい膝だ。胡蝶《こちょう》の夢でも見そうだ」

「胡蝶の夢？」

「唐土《もろこし》の荘子って人が、蝶々になった夢を見たのさ。目が覚めると、荘子が夢を見ていたとわかった。でも、よくよく考えると、荘子が蝶々になった夢を見たのか、蝶々が荘子になった夢を見ているのか、わからないというのさ。面白いだろう？」

「面白い？」

「ああ。面白いだろうよ。北辰一刀流免許皆伝で、蒸気船の船長のおれが本当なのか、泣き虫の小便洩らしのおれが本当なのかもわからない。人間はわからない」

「牡蠣殻に入った人間もわからない？」

「まったくだ」

龍馬はそう言いながら、お龍の膝を撫でている。

そのうち、ほんとに眠ってしまった。よほど疲れていたのだろう。

お龍は足が痛かったが、そのまま寝かせておいた。


翌朝――。

龍馬はもう出かけるらしい。

いろは丸の始末で広島に用事があるという。

お龍の旅仕度の世話も慣れたものである。

「大丈夫やて、龍さん」

「お龍。もういっぺん言ってくれ。なんだかお前にそう言われると、大丈夫なような気がする」

「なんべんでも言うたげる。だって、大丈夫なんやもの」

「そうか」

いつものように肩をそびやかし、潮風のなかへ出て行った。きっと、交渉はうまくやる。

突飛なことを言って相手を煙に巻き、いつの間にか自分の要求を通している。そういうことができる人なのだ。

その後ろ姿にお龍はつぶやいた。

「ほんと、龍さんて可哀そうや」

3

紀州藩との交渉がつづいた。

紀州藩は大藩風を吹かせて、なかなか非を認めようとはしない。

途中、当番士官だった佐柳高次と、機関士だった腰越次郎が、

「坂本さん。今日でわしらを脱退させてくれ」

と言ってきた。

「なぜだ?」

龍馬は訊いた。

「いまから明光丸に斬り込むつもりだ。海援隊に迷惑はかけたくないので、脱退したい」

龍馬はそれを聞いて、内心、呆れた。

斬り込んで、明光丸の船員を何人か殺し、自分たちも斬られて、それでなんになるというのか。その先は交渉もままならなくなる。いろは丸の損害はもう取り戻すこともできない。

だが、気持ちはわからなくもない。海援隊の連中は荒っぽい海の男なのだ。

「まあ、待て。勝算はあるんだ。斬り込みはぎりぎりまで取っておく」

と、なだめた。

じっさい、こういうときは、脅しのようなことも必要になる。交渉場所の長崎では、龍馬は長州の知人たちとも相談し、いざとなれば長州藩と土佐藩で、紀州藩と戦になると言いふらした。

それはたちまち長崎やほかの港でも噂になった。いまをときめく長州藩である。幕府がよってたかって攻め込んでも、敗北させられなかった相手なのだ。それに土佐藩がからんだりしたら、紀州藩はとんでもない目に遭うかもしれない。

一方、紀州藩側は、航海のとき、いろは丸は舷灯をつけていなかったと言い張った。むろん、これは認められない。

もしかして、つけていなかったかもしれない。だが、いろは丸はすでに海中深く沈んでしまっている。あのとき、いろは丸が沈まないよう努力していたら、紀州藩の言い分も通ったかもしれないのだ。

しかも紀州藩は、長崎奉行所にこの一件を持ち込もうとした。奉行所での裁きになれば、またもや面倒だし、どう転ぶかもわからない。

そんなとき、長崎で奇妙な唄が流行った。

〽船を沈めたその償いは
金を取らずに国を取る

龍馬が流行らせたのだ。船を沈めたのは紀州藩で、海援隊はとんでもない報復に出るかもしれない。海援隊を応援してやろうという世論まで巻き起こった。紀州藩も青くなっているらしい。龍馬はしてやったりの思いだった。

後藤象二郎も龍馬のために動いてくれた。

紀州藩の重役と会い、英国の提督に意見を求めることを提案し、賠償と期限のことを問い質《ただ》し、「紀州藩の仕打ちは冷酷だ」と責めた。

龍馬もまた、この線で動き、明光丸の船長だった高柳楠之助にも英国の提督と会うよう働きかけたが、高柳は居留守をきめこむありさまだった。

紀州側は英国が出て来ると不利になると見たらしく、薩摩藩に調停を依頼した。

薩摩藩から五代才助が調停役となり、龍馬や後藤象二郎と話し合った。五代はもちろん龍馬贔屓となる。

「八万三千両でどうか」

「よかろう」

もっともこの金額は、紀州側から減額の申し出があり、結局のところ賠償金七万両で決着したのだった。

こうした交渉のさなかにも、龍馬はお龍に文を書いた。

あんなにしょぼくれたようすで出て行ったくせに、この文では俄然《がぜん》、意気軒昂《けんこう》としている。

紀州藩のことを「女の言い訳みたいなことを言う」だの、「仮病を使って逃げている」だのと、悪口の言い放題。後藤象二郎と二人で、さんざんに言い負かしているようすが目に浮かぶようである。

だが、船のことが決着したら、すぐに京都へ行かなければならず、お龍のところにはしばらく立ち寄れないともある。

最後には、くだらない笑い話まで付け加えてあった。

龍馬の文はいつも長い。自慢げな調子は、いつもの龍馬を彷彿《ほうふつ》とさせ、しかも笑わせてくれる。高い代金を払って、こんなことを書いてくるのは勿体ない気がお龍にはする。だが、これも龍馬の優しいところなのだった。

いろは丸の一件が決着すると、

「龍馬はこれで大儲けをした。焼け肥りだ」

という噂が流れた。

七万両というのが、世間の感覚だとあまりにも莫大な金額だった。

だが、いろは丸の購入代金が四万二千五百両で、この金額はそっくり船の持ち主である大洲藩へ返金している。残りの二万七千五百両が、積んでいた荷物の代金となるが、これは米や砂糖だったはずである。米と砂糖で二万七千五百両は考えられない。

しかも、龍馬はこの交渉でかなりふっかけた。紀州藩の態度に業を煮やしたこともあった。

こういうときの龍馬は、勝海舟が、

「龍馬という男は、西郷を抜け目なくさせたようなやつだ」

と評しただけのことがある。交渉を重ねるうち、荷物の中身に数百挺《ちょう》の銃や、あげくには金塊まで加わっていった。

騒ぎが一段落したとき、中岡慎太郎が、

「ほんとに儲かったのか?」

と、訊いた。

いろは丸の騒ぎの裏で、中岡慎太郎が素晴らしい活躍をしていた。薩摩藩の小松帯刀の屋敷で、薩土倒幕の密約を交わしていたのだ。出席したのは、薩摩藩が西郷吉之助と小松帯刀、土佐藩からは乾《いぬい》(板垣)退助と毛利荒次郎(吉盛)だった。

「儲かってなんかいないさ。損もしておらぬが」

龍馬はにやりと笑った。

「なんだ、そうか」

「だが、時間をいっぱい無駄にした。いま、時間くらい貴重なものはない。それを考えたら、十万両くらい取っても合わないくらいだ」

「なるほどな」

「だが、いいこともあった。海の揉め事の解決の仕方について学んだ。これはいっぺんやっておくべきだ」

「ほう」

「しかも、解決のためには世界の道理、つまり万国公法に則《のっと》ってやるべきだ。その万国公法を海援隊で出版することにした。その版木もすでにつくらせ始めている」

「早いな」

「どうだ。おれは転んでもただでは起きないだろう」

龍馬は笑いながら言った。

第二十一章　最後の夜

1

久しぶりに下関に帰って来た龍馬が、

「京みやげのかんざしだ。龍さぁん、かんざし、買うを見た、よさこい、よさこい」

と、唄をうたいながら、お龍にかんざしを渡した。

ギヤマンを使ったなかなか洒落《しゃれ》たものである。ざくろの実をかたどっていて、割れたところから赤い粒々がのぞいている。その赤が透き通って、なんとも美しい。

「あら、嬉しい」

こういうところがあるから龍馬は憎めないのだ。自分の妻にみやげを買ってくる夫というのは、世のなかにそうたくさんはいないらしい。

「寺田屋に泊まってきた」

「お登勢はん、元気やった?」

「ああ。また、こっちに来たらええのにと言っていた」

「うちもそうしたい。京都にもどりたい」

お龍は真面目な顔で言った。ここは悪いところではないが、やっぱり京都の水がお龍には合う。ここにいるうち、浜風に吹かれて色が黒くなったような気もする。

「そうか。そうするか」

「ええの？」

「考えてみる。だが、お登勢さんはいろんなやつからお龍のことを訊かれるらしいぞ。新選組の近藤もどうしてるかと訊いたそうだ」

「ああ、うちに目をつけたんや」

もっとも龍馬にさえなにかしなければ、あんなやつ、勝手に想っていたらいいという気持ちである。どうせ毛の一本もなびくつもりはない。

「それと、京都の呉服屋の若旦那で、松兵衛とかいう男を知ってるか？」

「うん。うちのこと、好きや、好きやとよく言うてはった人や。もちろん、うちは相手にせえへんかった」

「やっぱり、お龍を京都に置くと、おれも心が穏やかではいられないかもな」

「そんなこと、大丈夫や。うちは、龍さんと違うて、浮気はせえへん」

「おれだってしない」

「嘘や。いまも、うちに隠しごと、してはる」

「おれが？」

「うん、してはる。そういう顔、してはるえ」

龍馬は顔をこすって、

「まったく、お龍はなんでもお見通しだな」

「いったい、なにしたん？」

「浮気じゃないぞ。仕事に関わることだからな、いまは言えない。いつか、教えてやる」

「ふうん。それにしても、忙しいお人やなあ」

もっとも、知り合ったときから龍馬は忙しかった。忙しくしていないと気が済まない病気みたいなものがあるのだろうか。だが、のんびりしているときなど、日なたの猫みたいに安らいでいる。もしかしたら忙しい星——流れ星みたいな、そういう星のもとに生まれたのか。

「蒸気船のせいかもな」

と、龍馬は言った。

「蒸気船のせいにするん？」

「そうではなく、昔だったら、十日もかかっていた旅が、いまは二日や三日でできるようになった。その分、皆が気ぜわしくなり、おれも始終、動き回らなくちゃならなくなったみたいだ」

「じゃあ、蒸気船は困ったものやね」

「そうとばかりも言えない。早く動けば、いろんなこともできる。遠くにも行ける」

遠くというところに力がこもった。

「遠くに……」

「蒸気船は人間に凄い力をくれたのだ」

「ふうん」

お龍はそのへんのことはわからない。

だが、夜になって長州や薩摩の人たちとの宴になり、酒が一段落したところで、手伝いをしていたお龍を龍馬が伊藤家の外へ連れ出した。

「なに?」

「面白いところに行こう」

龍馬はお龍の手を引き、浜に下りた。急に潮の香りを感じた。潮の流れがつくる風が吹いている。

係留してあった伊藤家の小舟に乗り込んだ。

「怖いよ、龍さん」

小舟がぎしぎしいっている。突然、バラバラになるのではないか。このあたりの潮は、激流みたいだと聞いている。

「大丈夫だ。おれは子どものころから舟を漕いでいる」

じっさい龍馬は、軽々と櫓を操っている。

「大きな蒸気船の操縦もできれば、こんな小舟も上手に漕げる。龍さんは、たいしたもんやな」

「そうか?」

「頼りになるわ」

「おう、頼れ、頼れ」

ずっと沖に行くのかと思ったら、島に小舟をつけた。暗くてよくわからないが、伊藤家の右手のほうに見えている小島だろう。

「ここは昔、宮本武蔵という剣豪が、佐々木小次郎という剣豪と決闘をした島なんだ」

「ふうん」

「あるところにお龍を連れて行きたかったけど、今回は無理だったので、ここで勘弁してくれ」

「そら、ええけど」

どうやら、どこか遠くに、内緒で行って来たらしい。蝦夷あたりかもしれない。正直なところ、蝦夷にはあまり行きたくない。

「花火を持って来た。ここで打ち上げよう」

「ああ、よろしな、花火。でも、火種をつくらんと」

「大丈夫だ。凄いものを見せてやる」

龍馬は袂のなかから小さな箱を取り出し、さらにそのなかから小さな棒をつまみ出した。その棒を小箱の横にこすりつけると——。

「えっ、嘘」

お龍は目を瞠った。火がついたのだ。

「どうだ、驚いただろう」

「そんなにかんたんに火を熾《おこ》せるん?」

「ああ。そのかわり高いもんだぞ」

「そうやろな」

枯葉に火が移っている。これを種火にして、花火に火をつけた。

シュポポーン。

夜空に橙《だいだい》色の火花が飛び散った。二人の顔も橙色に染まった。

「きれいやな」

「ああ」

「きれいやけど、花火見ると、なんや寂しい気分になってな」

「おれもそうだ。だが、それも含めて花火のよさだろうが」

「そうやね」

「お龍はおれが好きで忙しくしてると思っているだろう?」

「違うの?」

「違う。おれはいま、熱心にやっている仕事が終わったら、どこか山のなかにでも隠居するつもりだ」

前は、異国に行くとか言っていたが、今度は隠居ときた。たぶん疲れているのだろう。

「うちは山のなかより、海の見えるところがええ」

「だったら、海の近くの山にしよう」

しばらく二人で浜辺に横になり、それから抱き合ったりした。

もどって来ると、三吉慎蔵たちが集まっていて、

「先ほど向こうの島で妙な火が出ていたが、あれはなんだったのかな?」

などと言っているではないか。

龍馬とお龍はそっと目配せし合って、笑いたいのを我慢した。

2

じっさい龍馬は忙しい。どうしてこう、次々に面倒ごとが起きるのか。

とばっちりとしか言いようのないイカルス号事件が起きた。長崎の丸山で、イギリスの軍艦イカルス号の水夫二人が殺害され、海援隊の隊士が犯人として疑われた。龍馬は無実を確信していたが、隊長として談判などにも出席したりしなければならなかった。

このほか、薩摩、長州、土佐に加えて、あらたに芸州や肥後も同盟に入れようと動いている。

中岡慎太郎が、龍馬の海援隊に対抗するように、〈陸援隊〉というのをつくった。人数を揃えると、どうしても面倒なやつがいたりするのだが、

「おれのところはそんなことはない」

と中岡は言う。

「そうなのか?」

「お前のところは規律が緩すぎるのではないのか?」

「そうでもないだろう」

「あるいは隊長のだらしなさが、自然に隊員に伝わるのだ」

「そうかもしれぬ」

だが、ことこまかに規則を定めるのは、龍馬の性に合わない。

しかも忙しさの合間を縫って、龍馬は長州の連中と上海に行って来た。

お龍にも話したかったのは、このことである。だが、女はどうしても口が軽い。伊藤家の女将さんあたりに話されると、誰に伝わるかわからない。

なにせ密航である。ゆえに大っぴらには言えない。しかも、武器の輸入のためで、海援隊の商売の切り札になる。

この武器というのが、これまで見たことがない強力なもので、取っ手を回すと凄い速さで鉄砲の弾を連続発射できるのだという。

ガットリング砲というらしい。名前からして物騒な気配がある。

「これ一つで、五百人の軍を全滅させることができる」

と、トマス・グラバーが言った。

それを上海で入手しようとしたのだ。

そんな凄まじい武器を幕府に入手されたら堪らない。龍馬もそんなものを使っていいのかとためらう気持ちもあるが、しかし、入手して封印するという手もある。単に脅しとして使い、無駄な戦を回避することもできるかもしれない。

ところが、上海に行ったはいいが、紹介されることになっていた相手と、会えず仕舞いだった。眉唾ものの話だったのか。

同行した長府藩の福原往弥は、

「そんなことはない。すれ違いだと思う」

と、グラバーを信じているふうだった。

結局、上海には一日半しかいなかった。

イギリス人といっしょに町を歩き、飯屋で四度、食事をし、旅館で待ちぼうけを食っただけである。

港に並ぶ蒸気船の数、町の繁栄などに圧倒された。だが、きれいなところと汚いところが、極端に違っていた。日本には貧民窟でもあれほど臭くて汚いところはない。

「福原さん。この繁栄が清人にとって幸せなのかね?」

と、龍馬は言った。

「ああ、それはわからんな」

「国を開かねば後れを取る。下手に開けばひどい目に遭う。まったく、なかで争っている場合じゃないよな」

「そうは言いつつ、海援隊は武器を買うんだからな」

「まったくだ」

内心、忸怩《じくじ》たるものはあった。

3

九月の十八日に、龍馬はほぼひと月ぶりに下関にもどった。

「ここから土佐に行くのさ」

と、龍馬は言った。嬉しそうである。

やっぱり龍馬も故郷が好きなのだと、お龍は思った。

「大丈夫なの?」

脱藩した武士は、二度と国には帰れないのではないか。

「おれは殿さまの許しをもらっているんだぞ」

「そうなの?」

それも取り消しになったのではなかったか。どうも龍馬のやることはよくわからない。

「そうだ。お龍にペストルを渡しておく」

「なんで?」

「なにかあったら、これで身を守れ」

お龍は女には珍しくちゃんと銃を使えるようになった。長崎にいるとき、小曽根英四郎に習ったのだ。たいがい音や反動の強さに驚き、使おうとしなくなるらしい。だが、お龍は違った。

「龍さんは?」

「おれも持ってる。それとな。おれにもしものことがあったら、三吉さんを頼れ」

三吉慎蔵は、寺田屋の遭難のときもいっしょにいた。いまもしばしばいっしょに動く。寡黙な男だが、つねづね龍馬は「あれほど信用できる男はいない」と言っている。

「なんでそんなことを?」

「おれはそういうことがあってもおかしくないからだ。三吉さんにはもう頼んである」

「怒るえ、龍さん」

「なぜだ？」

「そんな心配するくらいやったら、うちをそばに置き」

「お龍をそばに？」

「うちはどこでも行く。鹿児島にも行ったやろ。それでペストル持ってそばにいる。まさか女がそばにいるのに襲う男もおらんやろ。いても、脇から女がペストルぶっ放すとは思わへんやろ。三吉さんとうちをいっしょに連れて歩いたら、龍さんはこの国でいちばん安心な人や」

「あっはっは。ほんとだ」

と、龍馬は笑い、

「だが、三吉さんもずっとおれにはついていられなくなった。あの人も長州のなかで立場があるのだ」

「だったら、ますますうち一人でも置きよし。龍さんを狙う人がいたら、うちがただでは置かん。寺田屋のときだって、うちが守ったんや。うちが素っ裸で報せたから、不意打ちされずに済んだんや。うちの裸は、たぶん捕り方にも見られたはずや。あのときうちがペストル持っていたら、もっと楽に龍さんを守ることができたんや。あの経験が教えてくれることは、うちはペストル持って、つねに龍さんのそばにいるのがええということや」

お龍は一息に言った。

「お龍、お前の気持ちは嬉しい」

龍馬はお龍の肩に両手を当てた。

「そういう言い方もあかん」

「まあ、聞け。おれはこれからしばらく、ほうぼうを行ったり来たりしなければならん。蒸気船で行けるところだけではない。歩いて行くところもあれば、馬にも乗るかもしれん。お前、ついて来られるか?」

「霧島のときは、うちは登れたやないか」

「あのときは、おれはまだ怪我が癒えてなかった。おれが急ぎ足で歩いたら、お前はついて来られない」

「……」

龍馬の健脚は尋常ではない。

「おれが狙われるとしたら京都でだ。京都に落ち着くことになったら、お龍を呼ぶ。だから、もうちょっと待て」

「ほんまやな?」

「ああ。よし、おれはいまから歌をつくる」

龍馬はそう言って、考え込んだ。

「ほんなら、うちも」

と、お龍も筆を執った。

「よし、できた」

このときの龍馬の歌。

また逢ふと思ふ心をしるべにて
　道なき世にも出《い》づる旅かな

お龍もつくった歌を見せた。

　思ひきや宇治の河瀬の末つひに
　　君と伏見の月を見むとは

「お龍もなかなかやるではないか」

「歌つくったのは初めてや」

「これからはもっとつくれ」

「そうする」

このとき龍馬は伊藤家に二泊した。九月二十日に龍馬は土佐へ旅立った。

第二十二章　ええじゃないかと大政奉還

1

龍馬は、脱藩以来、五年半ぶりに土佐へ帰った。

出て行ったのがついこのあいだのような気がする。あのときは決死の覚悟だったが、いまはいくらか余裕がある。

毎日、重臣たちとの会議がほとんどだったが、二日間だけ、実家に帰ることができた。安心しきって大酒を飲み、懐かしい乙女姉さんとも久々に話した。

なにも難しいことは考えていないが、気のいい人たち。敵も持たず、生きていくにもたいした策謀は必要としない。自分は何のために、こういう人たちを捨てたのか、という思いもある。国事になど関わらず、流れるように生きている藩士も大勢いる。自分はただの阿呆《あほ》なのか。

悠々たる山河と海。まさに命の洗濯。

だが、のんびりはしていられない。

龍馬が出した大政奉還案が動き出している。土佐の重臣・後藤象二郎も賛同し、事態はそれに沿って動いている。

一方で、薩摩の西郷などは、幕府を力で打ち倒したいはずである。

だが、それでは互いに消耗し、国力が弱る。そこを外国に付け込まれる。

ここはできるだけ血を流さず、日本の政治体制を変えてしまったほうがいい。

また、後藤には、新しい策も提示してある。横井小楠の国是七条が反映された、後に船中八策と呼ばれたものである。
一　天下ノ政権ヲ朝廷ニ奉還セシメ、政令宜シク朝廷ヨリ出ヅベキ事。
一　上下議政局ヲ設ケ、議員ヲ置キテ万機ヲ参賛セシメ、万機宜シク公議ニ決スベキ事。
など、それまでの政治体制を一新するもので、これは後藤の尽力もあって、土佐藩の藩論ともなっていた。

大政奉還か。打倒徳川か。反幕府勢力も、いまや競い合っている。下手したら、味方同士が敵になりかねない。しょせん一枚岩などというのは幻想なのだと思う。この世には人の数だけ、行く道がある。


土佐から京都にもどった龍馬は、いったん河原町三条下ルの材木商〈酢屋〉に入った。店の見た目はさほどでもないが、豪商といえるくらいに手広く商いをしていて、あるじは海援隊の保護者でもある。

ここは土佐藩邸にも近い。後藤象二郎とも連絡を取りやすい。

後藤がさまざまな方面から将軍徳川慶喜に大政奉還を迫るあいだも、龍馬は海援隊の中島作太郎とともに中岡慎太郎と会ったりしていた。

その途中、四条通り――。

異様な一団と出会った。

「ええじゃないか、ええじゃないか」

と歌いながら、百人ほどの人たちが踊りながら歩いて来るのだ。

「おい、こっちにも来てしまったぞ」

と、龍馬は苦笑した。

噂は聞いていた。巷《ちまた》で大流行りのええじゃないかである。

発端は三河だったらしい。吉田宿に、伊勢大神宮のお札が降った。

「これはめでたい」

と、踊り出した。

踊りといっても難しいしぐさはなにもない。右手を上げれば左足で地面をとんと蹴る。左手を上げれば右足でとんと蹴る。これを繰り返して、前に進むだけ。犬でもできる。

しかも、なんだって「ええじゃないか」となる。盗んでもええじゃないか。不義でもええじゃないか。踊るうちに酔ったみたいになってくる。女も男も着物をかなぐり捨てる。裸が正装なのである。あげくには男と女が道端で抱き合ってしまう。そのままぐわいもする。狂乱である。

これがたちまち、全国に広がった。あちこちで神社のお札が降る。京都では伏見稲荷のお札が降ったらしい。

最初は調子の良さを面白く感じたが、しかしだんだんうんざりしてきた。なにがええのだという気持ちになる。ちっともええことなどないだろう。ヤケクソになっているだけだろうと。ヤケクソではなにも事態は解決しない。

「これは駄目だ」

龍馬は四条通りから一本北に入った。

ここは錦小路の通り。市場があり、こちらも大勢の人でごった返している。

——京都は人だらけだ。

龍馬は人波を分けるように歩いたが、

——ん？

誰かに見られている気がして足を止めた。

立ち止まると、町のざわめきはいっそう大きくなった気がする。ええじゃないかではないのに、耳のなかに暮らしの音が溢れ、反響する。夕餉《ゆうげ》のおかずを探す人たちさえ、腹に一物秘めた怪しい人間にも見えてくる。眉をひそめて視線を四方八方に飛ばす。疑心暗鬼は、おおらかなはずの龍馬の心にもあった。自分でも意外である。

「どうしました、坂本さん？」

中島が訊いた。綽名は、ピンしか出ないサイコロ。

「うん。気のせいかな」

「殺気ですか？」

「そんな気がしたが」

龍馬は懐手である。隠したペストルに手をかけている。

中島もさりげなく刀の鯉口《こいぐち》を切り、注意深く周囲を見回したが、とくに怪しい者は見当たらない。

「おれも臆病になっているかな」

龍馬は苦笑した。

「いや。坂本さんを狙う連中は大勢いると聞いています。臆病になるくらいでちょうどですよ」

「そうも言ってはおられぬ」

ふたたび歩き出そうとしたとき、龍馬は男装の女武者らしき姿が、通りの向こうから後ろに去って行くのを見た。

見覚えのある後ろ姿。後ろ歩きでこっちにやって来そうなほど、気合の入った後ろ姿。

――まさか、千葉佐那が……。

龍馬は刺客よりも、そっちのほうが恐ろしい気がした。

酢屋に入って四日後、今度は河原町通蛸薬師下ルの醤油《しょうゆ》商〈近江屋〉に住まいを移した。いちおう住まいを転々とすることで、身を守るつもりだった。しかも、ここは土佐藩邸の目と鼻の先である。

「こんな近くなら、いっそ藩邸に入ってしまえばいいのでは？」

と、海援隊の中島は言った。龍馬はまたも許されて、なりたくもなかったが、いまは藩士の身分なのである。

「それだとまた気づまりなのさ」

と、龍馬は笑った。入れば入ったで、牡蛎殻の衣服を着せられているような気分になってしまうのだ。

2

お龍は、窓も板戸もぜんぶ開け放った三畳間で、

――やっぱり、ここは狭い。

と、思った。立って半畳寝て一畳とは言うが、狭いと息が詰まる。こんな狭い部屋にあたしを置き去りにして、龍馬は日本中を駆け巡っている。なにが自然堂かと、龍馬を恨みたくなる。

いないときに龍馬のことを考えると、心に混乱が生まれてくる。突飛過ぎるのか、あの人は。

昨夜も龍馬が死んだあとのことを考えた。どうしても考えてしまう。とりあえず母のところに行っても、ずっとはいられない。結局、あたしはまた、誰かといっしょになるのではないか。ふっと浮かんだのが、中岡慎太郎だった。勘弁して欲しい。あの人はどうしても肌が合わない。つづいて新選組の近藤勇が浮かんだ。これは中岡より勘弁してもらいたい。無理やりどうにかされそうになったら、舌を嚙んで死のう。結局、志士やら偉いお人はダメなのだ。次は平々凡々の男といっしょになろう。

そんなことを考えながら、眠りについたのだった。

庭に出て海を見た。雄大な景色も、毎日見ていれば、慣れてしまう。

——もう、いやや。

涙が溢れた。

そのとき、前の坂を飛脚が上がって来るのが見えた。案の定、龍馬からの文だった。土佐からかと訊くと、京都からだという。

久々に土佐の家族と顔を合わせ候。
その際、お龍のこともたっぷりと話をいたし候。
とりわけ寺田屋での遭難時のことは、
多少おおげさな話もまじえ、こと細かに語りし候。
お龍が風呂から飛び出し、素裸で知らせに来たところでは、
皆、腹を抱えて大笑いだったよ。
チト変わったおなごであると言えば、
おれにはそんな人でないとついていくことはできぬと言われ候。
おれもまったくそう思い候。
倒幕の件では、おれの案がどんどん用いられていて、
なんだかおれもたいした人間になったような気がし候。
えへん、えへん。
だが、蝦夷開拓の件はどうも話がうまく進まず、
こちらはしばらく諦めなければならないかもしれぬ。

お龍は内心、喜んでいるだろうと推察いたし候。
お龍は蝦夷よりも、京都が似合う。
それはおれもよくわかっている。
いま、進めている件がうまく決着いたしたときは、
お龍を京都に呼び寄せる所存に候。
寺田屋のときにいっしょだった三吉慎蔵さんは、
いまは長州にいる。
となれば、お龍のペストルの腕が頼りになるというもの。
天龍寺の紅葉がきれいらしい。
今年は駄目だったが、来年はいっしょに見に行こうではないか。

牡ドラゴンから牝ドラゴンへ。


お龍はこの文を読むと、急に胸が高鳴ってきた。

龍馬はなにか不安を感じているのだ。気のせいではない。実際、寺田屋でも襲われているのだ。新選組も付け狙っているのだ。

——うちのペストルの腕が頼りやて。

それは本心に違いない。

お龍は、この文を持ち、下関の三吉慎蔵の家を訪ねた。

「三吉はん。うちを京都に連れて行ってもらえへんやろか?」

「どうしてまた、そんなことを?」

「こんな文が来たんどす」

と、お龍は文を三吉に見せた。

「うーん、今度もわたしがお供すればよかったですね」

と、三吉は言った。

このあいだも、三吉はいっしょに行きましょうかと打診はしたのである。

だが、龍馬は断り、万が一のときはお龍を土佐に連れて行ってくれるよう頼まれたのだった。

「そうやない。うちが行ったほうがええんどす」

と、お龍は言った。

龍馬は三吉を頼りにしている。だが、またあんなことでもあれば、三吉の家族に申し訳ないと思っているのだ。自分なら遠慮は要らない。死出の旅に供をしたってかまわない妻なのだから。

「しかし、坂本さんは神出鬼没ですからね。お龍さんが京都へ行ったからといって、会えるかどうかはわかりませんよ。いまごろは鹿児島かもしれないし、あるいは江戸かもしれませんよ」

「そうやろか」

「しかも、坂本さんの文には書いてないが、京都はええじゃないかの騒ぎで大変らしいです」

「ああ、あれどすな」

お龍は阿弥陀寺の境内で見かけた。だが、下関のええじゃないかは、ずいぶんとつつましいものだった。

「だが、お龍さんがどうしても行きたいと言うなら、桂さんや伊藤さんとも相談してみましょうか？」

「そうしてくれはると……あ、でも……」

お龍も迷うところではある。

武士の妻は、どんと腰を据えて留守を守るものなのかという気もする。

京都に行けば行ったで、龍馬から叱責されるかもしれない。国事の邪魔になるかもしれない。

「もう一度、待ってみます。また、こんな不安げな文が来たら、うちはなんとしても京都に駆けつけますさかい」

「わかりました。そのときはわたしがお連れしましょう」

と、三吉慎蔵は約束してくれた。

3

京都の町に噂が流れている。ええじゃないかの怒濤のなかを、不気味な噂が聞こえてくる。もしかしたら、両者は、じつは関係があるのかもしれない。ええじゃないかはつくられた騒ぎなのかもしれない。

噂というのは、

「将軍徳川慶喜が、政権を朝廷に返上することを検討しているらしい」

というものだった。

これは京都の治安を守る側の、新選組にとっては納得のいかないことだった。そんなことになったら、いままでの自分たちのおこないは、すべて悪事にされてしまう。新選組は逆賊に成り下がる。

「誰が言い出したのだ?」

と、新選組の局長である近藤勇は訊いた。

血相が変わっている。いまにも言い出した者を斬るために、駆け出しそうである。

「いろいろ噂はありますが、越前福井藩から出てきたという話もあります」

土方歳三が言った。

土方は近藤よりだいぶ冷静である。

「さもありなん」

「あるいはそうではなく、土佐藩の坂本龍馬あたりが言い出したとも」

「あいつか」

そのとき近藤勇が思い浮かべたのは、龍馬の顔ではなく、お龍の顔だった。お龍は伏見の寺田屋で見たのが最後で、そのあとはどうも龍馬といっしょに動いているという話を聞いていた。

坂本龍馬を襲えば、お龍もいっしょに斬ることになるかもしれない。それは、気が進まなかった。

一方、同じく京都の治安を守る京都見廻組の組員たちも、誰が大政奉還を言い出したのかを探っていた。

京都見廻組は、三年前にできた組織である。幕府が京都の治安を守るため、幕臣から剣の腕の立つ者をつのり、蒔田《まいた》相模守と松平出雲守の二人を将として京都に向かわせ、京都守護職松平容保の配下とした。

新選組とは身分が違う。こちらのほうが上である。したがって、行動も共にしない。むしろ、競争意識がある。

見廻組は大きく二つに分かれ、蒔田相模守の配下、松平出雲守配下に分かれ、それぞれ二百人ほどいた。蒔田と松平はそれぞれまもなく辞任するのだが、この二つに分かれた形態は残った。

隊長ともいうべき役職名は、与頭《くみがしら》と呼んだ。相模組の与頭は、佐々木只三郎という男だった。

会津若松の出身で、剣は神道精武流、槍は宝蔵院流の達人である。文久三年（一八六三）には、清河八郎を暗殺していた。

この佐々木も、大政奉還の噂に憤慨し、

「誰が言い出した？」

と、訊いた。

答えたのは、与頭の二つ下の肝煎《きもいり》という役職にある今井信郎《のぶお》で、

「越前福井藩にいる横井小楠か土佐藩の坂本龍馬か後藤象二郎らしいです」

と、言った。

見廻組は、そこまで絞り込んでいた。

「坂本龍馬は伏見奉行所が取り逃がした男でもあろう。許せぬな」

と、佐々木は言った。

「斬りますか?」

今井は訊いた。

今井のほうは直心影流《じきしんかげりゅう》の達人で、文武両道の男でもあった。

「斬るべし」

と、話は煮詰まった。

「だが、坂本龍馬は北辰一刀流の達人らしい」

佐々木は慎重な態度になり、

「しかも、懐中にはつねづねペストルを入れ、これがまた百発百中の名人らしい」

とも言った。

「では、こちらも腕の立つ者を揃えましょう」

と、桂早之助、高橋安次郎、土肥仲蔵などを集めた。

だが、龍馬は見つからない。足が速いし、徒党を組まない。あれがそうかと思っても、たちまちいなくなってしまう。

そんなとき、坂本龍馬を付け狙っているらしい男装の女武者の存在に気づいた。

「あのおなごは、坂本に恨みでもあるのかな?」

「そうかもしれぬ。なにせ、女にはもてるらしいからな」

「そういう男はますます斬るべし」

と言って、見廻組の組員たちは笑った。

女にもてる男は、いつの世も余計な恨みを買う。


慶応三年(一八六七)十月十二日。

徳川慶喜は二条城に老中以下の有志を集め、朝廷に政権を返上するという意向を示した。

ここまで密議によって話が進んでいたため、皆、仰天した。

だが、慶喜の決意は固く、翌十三日には、在京諸藩の重臣たちに通告、そして十四日には朝廷に大政奉還を上表、十五日には朝廷がこれを受理した。

ここに、龍馬が望んだ大政奉還が成ったのである。

第二十三章　恋文

1

大政奉還が成ったあとの十月二十四日。龍馬は土佐藩士の岡本健三郎とともに、越前福井藩に向かった。

新国家の体制をいかなるものにすべきか、龍馬はすでにそのための根回しを開始していた。根回しはいくらやってもやり過ぎということはない。しかも根回しくらい面白い仕事はない。明日をつくる面白さだ。

新体制にはぜひとも、福井藩の前藩主である松平春嶽の力を借りたい。春嶽は人が好すぎるという声もあるが、国家の中心には善良人間がいていいのだ。むしろ、いなければ駄目なのだ。龍馬は、後藤象二郎が藩主山内容堂に書いてもらった書簡を春嶽に届けることになった。

「坂本さんは、越前に行かれたことはあるんですか?」

岡本が訊いた。龍馬より七つ下の若者だが、なかなか気が利くし、胸に志がある。志のない若い男は駄目だろう。岡本はいま、後藤の命で土佐藩と龍馬の連絡役のようなことをしている。

「おれは三度目だよ」

と、龍馬は言った。

一度目は、四年前の文久三年（一八六三）四月に、大久保一翁の書簡を松平春嶽に届けたとき。二度目は、それからひと月半ほど経って、勝麟太郎の使いとして、図々《ずうずう》しくも神戸海軍塾の資金援助を求めに行ったときだった。

あれから四年、世のなかはずいぶん動いた。新時代は目前まで来ていると思うと、感慨がこみ上げる。

「しかし、坂本さんは足が速いですね」

いっしょに歩きながら、岡本が言った。

「そうかね」

袴がばさばさと音を立てる。土埃が舞う。ほかの旅人を見ても、そんなふうにはならない。龍馬だけが、まるで風雲を呼びながら歩いているように見える。

「まあ、上背があるから歩幅も広いのでしょうが、それにしても速いです」

「気が急《せ》くのかな」

言われてみると、年々、速足になっている気がする。船に乗るようになったことも関係しているかもしれない。人の速度がもどかしいのだ。だが、それがいいことかどうかはわからない。

「長生きできませんよ」

岡本は笑いながら言った。

「まったくだ」

龍馬はうなずき、確かにもっと悠々としていなければ駄目だと思った。

自分はいま、天下の構想を練っている。

男として、こんなに面白い仕事があるだろうか。五十年前はこんな仕事はなかったはずである。あっても脱藩浪人になどお鉢が回ってこなかった。いい時代に生まれたとつくづく思う。だから、いい国にしなければならない。世界に向かって立つ国にしなければならない。

だが、自分にどこか浮わついているところがあるのも事実だろう。興奮し、足元の危険が見えにくくなっている。

「おや」

龍馬の足が遅くなったのに、岡本は気づいた。

「うん。もう少しゆっくり行こう」

「ありがとうございます。じつは息が切れかけてました」

若いから、まだ歩き足りないのだろう。

十月二十八日の昼前に福井に着くと、その足でまず、福井藩士の村田巳三郎に面会した。すでに旧知の人物で、勝麟太郎にも好意を持ってくれている。また春嶽の信頼も厚い。春嶽に協力を願う前に、まず会っておきたかった。龍馬がつけた綽名は、とにかく巳三郎。とにかくこの男に会うべきだから。

一日おいて、龍馬はやはり旧知の三岡八郎と会った。後に名を由利公正とし、東京府知事になる。ちなみに、銀座通りをいまの広さに拡張したのも、この人だった。つけた綽名は、知恵袋というより知恵財布。

龍馬は以前、横井小楠の弟子だったこの三岡と会って意気投合し、「天下の人物」と評価していた。新政府にはなんとしても加わってもらい、財政面に力を発揮してもらいたいと頼んだ。

翌十一月一日、龍馬は松平春嶽に面会した。綽名は春のぬる湯。悪い意味はまったくない。

「坂本。久しぶりじゃな」

「は。御前にはお変わりなく」

「活躍は聞いていたぞ。たいしたものだ」

笑顔を見せた。

それから容堂の書簡を読み、

「わかった。上洛いたす」

と、春嶽は快諾した。

じっさい春嶽は数日後に、最小限の供を連れて福井を発ち、八日には京に入った。大名とは思えぬ身軽さだろう。

龍馬は二日にも三岡八郎と会い、新政府の体制について大いに意見を交換した。

こうして、慌ただしい福井滞在を終え、十一月三日には京に向かった。

五日にはもう京の、まだ海援隊の隊士たちがいる酢屋に入って、新政府綱領八策の草案を書いているので、帰りはまたも凄い速足にもどっていた。

また、夜になって、急に思い立ち、お龍に文をしたためた。書くうちに、お龍への思慕の念がこみ上げ、自分でも苦笑するような文面になった。

だが、お龍には、どう思われてもかまわない。すべてをさらけ出しても、あの女はおれを受け止めてくれる。子どもが母親に裸を見られても平気なように、龍馬はお龍の前では裸でいたかった。

2

お龍が弾く月琴の音色が聴きたいと、三吉慎蔵の妻が娘を連れて訪ねて来た。娘は部屋の狭さに驚いたのか、珍しそうに隅々まで見ている。

「それはそれは、嬉しおす」

お龍はあまり謙遜などはしない。そのあたりは京の女らしくない。

あの「美しき夢を見る人」を弾いた。しょっちゅう弾いているので、近ごろは自分なりの工夫をしたり、あいだにほかの音を入れたりしている。師匠がいたら、きっと叱られるだろう。

「綺麗《きれい》な唄ですね」

三吉の妻がうっとりして言った。

ほんとに、アメリカの唄には、日本の唄にはない明るさと、胸がきゅんとなるような哀切さがある。これには、文句のほうはないのかと思う。あれば、どんな文句になるだろう。あたしの龍さん……？

「もう一回、聴きたい」

懇願された。

「いいわよ」

二度目の演奏のとき、飛脚便が来た。

一瞬、どきりとする。だが、飛脚が持っている包みの字を見て、ホッとする。龍馬の字である。なにかあったら、自分で文は書けない。

わきに置いて、また弾こうとすると、

「坂本さんから?」

三吉の妻が訊いた。

「ええ」

「早く読んだほうが」

「じゃあ、ちょっとだけ」

と言って、お龍は文を開いた。胸がドキドキしている。


越前から京にもどり候。

すぐに、いろんな人と打ち合わせ候。

京にいるのに、おれは島原はもちろん祇園にも行っておらぬよ。

なぜか、わかるか。おれは心底、お龍に惚れているからだ。

ほんとにお龍はいい女だと思う。

うまく言えないが、すっとして、しゅっとして、しゃきっとしている。

京女の綺麗さを持ちながら、京女のまどろっこしさがない。
凜《りん》としている。なんなんだろうな。お龍っておなごは。
天はよくぞ、お龍をおれに会わせてくれたものよ。
おれは、ほかの誰とも夫婦にはなれなかったと思う。
お龍だけが、おれの魂のいちばん深いところまで来てくれて、
隣にいてくれる。そんな感じだ。
こんなことを書いていると、お龍に会いたくてたまらなくなる。
年末にはそちらに立ち寄るつもりだ。
もっとも、そのときはもう新政府が誕生しているかもしれぬ。
新政府に加われと言われれば、断り切れぬかも。
もしも、おれが新政府の要人にでもなったら、
お龍はその奥方どのになっちまうぞ。
それも鬱陶しく思われ候。
まずは、アメリカに参り候。
海を渡らねば。そのために船を学び候。
もちろんお龍もいっしょだ。
日本の珍しいものを持って行こう。
それで一儲けだ。
さらに、向こうからペンやマッチなどをしこたま持って来て、

これでまた大儲けだ。
そんなに儲けてどうするかって。
また、船を買うのさ。
勝先生は、日本はいいものをつくって、
それを世界に売ることで豊かな国になると言っていた。
勝先生より先に、おれがその商売を成功させてやろうじゃないか。

龍馬からお龍へ恋文

文を畳みながら、お龍は頰が赤らんでいるのを感じた。

ほんとに、なんてことを書いて寄越すのだろう。あの人はなんて、うちを喜ばしてくれはるのやろ。

「どんな内容?」

三吉の妻が訊いた。

「他愛もない話ですよって」

さすがに言えない。だが、嬉しくて笑みがこぼれる。

「坂本さんは、お龍さんのことが大好きなんですね」

三吉の妻は羨ましそうに言った。

「そんなことより、唄ですよ」

月琴を取って、奏で始めた。

お龍は龍馬の文を読み、少し安心していた。

この前の気弱さは、あまり感じられなかった。

3

龍馬は、京都所司代に近い永井尚志《なおゆき》を訪ねた。

永井尚志は、いまは若年寄格で、京都の治安を統括する立場にある。かつて長崎の海軍伝習所の総督を務めたりしていて、勝安房守とも親しい。龍馬の意見にも理解を示し、話もよく聞いてくれる。

だが、この日は永井が出かけていて会えず、近江屋に引き返して来た。

「坂本さま」

後ろから声がかかった。女の声なのに、刺客にでも襲われたような、嫌な気がした。

ゆっくり振り向く。

千葉佐那がいた。きっとして、しかし会えた喜びも漂わせて、龍馬を見つめている。

今日も男装である。羽織袴に二刀を差している。鮫小紋の着物も男が着る深い緑色。しかし、女としての美しさも隠しようがなく、奇妙な色気が漂っている。

道を通る者が、皆、振り向いて千葉佐那を見て行く。

「役者か?」

などという声も聞こえた。

「なぜ、こんな危ないところにいるのですか？」

龍馬はなじるように言った。

「別に危なくはありませんよ。危ないのは、国事と偽って、暴れたがっている人たちだけでしょう」

「そういうやつもいるが、おれは違いますよ」

「坂本さま。早く江戸に帰りましょう」

「江戸に帰ってなにをするのです？」

「ともに暮らすのです。許嫁の約束をしたではありませんか？」

「いや、あれは」

まだ言っている。

「あのときはしてもいいかなと思ったが、やはり過ちだったのだ。若気の至りと言うしかない」

「では、嘘をついたことになりますよ」

「あのときの気持ちを嘘とは言わぬが、もう諦めてもらいたい」

「嫌です」

「このとおりだ」

龍馬は手を合わせた。

「男子に二言はないのでは？」

「ううっ」

「お忙しいならお待ちします。佐那はいつまでもお待ちします。もし、お手伝いできることがあれば」

「いや、そんなものはない」

龍馬はたじたじである。

「また来ます」

千葉佐那もあまりじろじろ見られるので、さすがに遠慮をしたらしい。

「いや、もう来なくてもよい。無駄だから」

「いいえ。女の一念は岩をもうがちます」

千葉佐那はそう言って、踵を返した。


「ふう」

龍馬がため息をついたとき、

「おい、龍馬」

今度は横から声がかかった。

「あ」

中岡慎太郎である。いまのようすを見られていたらしい。まずいやつに見られた。

「おぬし、また、新しい女を見つけたのか？」

やけにいきり立っている。

また、中岡の顔は眉毛が吊り上がっているので、だいたいがいつも怒ったような顔なのだが、こういうときはなおさらである。

「そんなもの、見つけておらぬ」

龍馬は嫌な顔をして言った。

「いま、話していたではないか」

「あれは江戸の知り合い」

「知り合い？」

「ああ。ただの知り合い」

中岡に本当のことなど言う必要はない。

「違うな」

中岡は皮肉な笑みを浮かべた。

「なにが違う」

「あの態度は、ふつうの間柄ではない」

「そんなことわかるか」

「わかるさ。あれだけ女が顔を近づけて話すということは、過去にもっと顔を近づけたことがあるのだ」

「……」

眉毛が吊り上がっているわりには、見るべきところは見ている。この観察力のおかげで、なにを考えているかわからぬ公家たちを口説き落としてきたのだ。

「お龍さんが可哀そうだろう」

中岡はそうも言った。

「お前に言われる筋合いはないわ」

「おいは、お龍さんのためを」

「お前、土佐に嫁がいるだろうが。自分の心配をしろ」

「うっ」

中岡は二十歳のとき、まだ十五歳の隣村の庄屋の娘を嫁にもらっていた。

龍馬は近江屋ののれんを分け、さらに奥へと進んだ。ここの裏にある土蔵にいるのだ。裏は墓地なので、襲撃されれば、そっちに逃げることができる。

だが、中岡は帰ろうとせず、龍馬のあとをついて来るではないか。

「お龍さんにふさわしいのは、わしのような男だ」

と、中岡は龍馬の背中に言った。

「はあ?」

「お龍さんも、わしには好意を持ってくれている」

「……」

呆れて返す言葉がない。中岡の思い込みの強さに辟易する。これではさっきの千葉佐那と変わらない。

だが、それがなかったら、薩長同盟は難しかった。あれは、中岡のなんとしても成すという信念に裏打ちされた動きがなかったら、まず成功はしなかったのだ。

ということは、千葉佐那の思いも、なにかをもたらすのか?

龍馬はそう考えると、とんでもない失敗をした気分に陥った。

第二十四章　暗殺者

1

「糞っ、また見失った」

京都見廻組与頭の佐々木只三郎が言った。怒りの表情とともに発せられた不気味な気配に、前からやって来た舞妓二人が、

「嫌やわあ」

と、慌てて身を避けた。

いままで坂本龍馬を追いかけて来ていたのである。せいぜい十間ほど後ろをつけて来たのだが、河原町通りを下ったところで、人混みに見失った。こっちに気づいたようすはなかったのだが。

「土佐藩邸に入ったのですかね」

近ごろ与頭になったばかりだが、立場はまだ同じ与頭である佐々木只三郎よりも下である今井信郎が言った。

「そうかもしれぬ」

「だとすると、斬り込むわけにはいきませんな。忠臣蔵じゃあるまいし」

七人で追いかけて来たのである。それなのに逃げられた。

「まったく、あいつの足取りの軽さはむかつくな」

と、佐々木が言った。

「同感です。人生もさぞや軽いのでしょう」

今井信郎がうなずいた。

「まったくだ。しがらみをしがらみとも思わず、軽い足取りで生きているのだろう。藩主の命も、家族の重荷も、あいつにはないのだろう。ああいうのは、おれの敵なんだ。おれには敵と決めたら、そいつをとことん憎むところがあって、これは自分でもどうしようもない。そいつを封じるための思想まで頭のなかでつくり上げる。おれは、つねに敵を想定して生きてきた。われながら嫌な人間だと思うのだがな」

「似てますね、わたしもそうですよ」

と、今井信郎は言った。

「おれみたいな人間は結局、暗殺者型なんだろうな。だが、この国には、そういう人間はけっこう多い気がするぞ」

佐々木只三郎がそう言うと、

「じつは、わたしも」

「わたしも」

と、ほかの六人もうなずいたり、手を挙げたりした。

「ほらな、やっぱり多い。となると、坂本龍馬みたいなやつは、この国では生きていけぬ。しょせん斬られるのだろうな」

佐々木只三郎は、薄く笑いながら言った。笑うと、似合わない笑窪《えくぼ》が、顔のなかの落とし穴みたいに浮かび上がる。

とはいえ、こんな真っ昼間に襲撃するつもりはない。夜になってふいを襲うつもりである。それにはまず、居場所を特定しなければならない。その居場所がわからない。

毎日、餌を求める野良犬の群れのように、京の町をほっつき歩くのはもううんざりである。

と、そのとき——。

「あ、あの女……」

この前も見かけた男装の美人剣士がいた。龍馬を追いかけている女だった。ふつうの恰好をしていればたいした美人なのに、二刀を差し、髪も後ろで束ねている変な女。

「あの女なら、坂本の居場所を知っているだろう」

跡をつけた。

そう遠くへは行かない。土佐藩邸を通り過ぎたところの醬油屋〈近江屋〉の前に立ち止まった。そこで女はじいっと二階を見上げている。

「あそこか」

「そうかもしれませんな」

ふと二階の障子戸が開いた。坂本龍馬だった。龍馬は下にいた女の顔を見て、「あっ」という顔をした。しばらく二人は見つめ合った。女が先に視線を外し、立ち去った。女の表情はわからないが、龍馬はひどく困った顔で頭を搔いた。

「いたよ。あの女のおかげで坂本の隠れ場所を見つけたよ」

と、佐々木只三郎は嬉しそうに言った。

伏見の寺田屋から、手代の寅吉が近江屋にやって来た。龍馬も面識はある。

「おう、どうした？　よく、ここがわかったな」

酢屋から近江屋に隠れ場所を移して、そう日にちは経っていない。それに今朝から、近江屋のなかでも土蔵から店の二階へと居場所を移している。

「薩摩の方たちに聞きました。坂本さんは、新選組に狙われているのに、気にせず京の町を闊歩されてはると。それでお登勢さんが、どうかご自分の身を案じて、安全なところに居てくれと、坂本さんに頼んで来てとおっしゃって」

「お登勢さんがそんなことを？」

「心配してはりますよ。京都で坂本さんになにかあったら、お龍さんにも合わせる顔がないと」

「大丈夫だって。おれのことは襲うなと、幕府の上役が言ってくれているんだ。会津侯からも安心しろと言われているんだぞ」

龍馬は微笑みながら、寅吉の肩を叩いて言った。

じつは、そこまでのことはない。ただ、会津藩の家老の息子である神保修理《じんぼしゅり》と面識があり、松平容保も龍馬のことは知っていると聞いただけである。

だが、いまの龍馬は気分が高揚している。むしろ徳川慶喜に立場をつくってやったのは自分であり、その自分に新選組などから刺客が来るわけがないと思い込んでいる。永井尚志も神保修理も、自分には好意を持ってくれている。思えば数年前までは、勝安房守の紹介状がなければ誰も会ってはくれなかった。いまでは坂本龍馬の名を告げれば、誰だって会ってくれる。逆に、いろんな男が自分に会いたがっている。そうなれば、なかには自分を殺したいほど憎む輩《やから》がいても不思議はない。

心配されるほど、大丈夫だと言いたくなる。またそう言うと、じっさい大丈夫である気がしてくるのだ。大丈夫、大丈夫。だいいち、心配ばかりしていて、男がなにをできるというのか。

「ほんまですか、坂本はん?」

「ほんまや、ほんま」

龍馬のおどけた口調に、寅吉も首をかしげながら帰って行った。

寅吉を見送った龍馬は、ゾクッと寒けを覚えた。風邪でも引いたのか。

——そういえば……。

寺田屋で襲われたときも、風邪を引いていたことを思い出した。お龍が軍鶏鍋をつくってくれたことも頭をよぎった。

それにしても、京都の冬の夜は寒い。

2

京都の冬の夜はうんざりするほど寒い。日本一寒いと評する人もいるくらいである。じっさいの気温はそれほどではないが、身体に感じる寒さには相当なものがある。

なにゆえにそれほど寒いのか。

一つには、湿度の低さがあるという。京都は内陸部になるため空気が乾燥している。すると身体から水分が抜けていくことによって、体感温度は低くなってしまうらしい。

しかも、京都は東西と北を山に囲まれた盆地になるため、いったん冷えた空気は逃げにくく、そこへ山で冷えた空気が降りて来るのだから、冷える一方となる。

加えて、鴨川と桂川の二つの川が、山で冷えた水を送り込んで来る。これでは温まりようがないではないか。

京都というのは、南から北へ行くにつれ、高度がどんどん上がる。高度が上がれば気温は下がる。いま龍馬がいる三条のあたりは、伏見あたりと比べたらずっと寒い。慶応三年十一月十五日のこの晩も、気温はぐんぐん下がってきていた。

また、京都は人が密集しているため、風邪が流行りやすい。寒さのうえにそれもあって、龍馬は風邪を引いてしまったのだった。


もちろんお龍は、京都の寒さを知っている。

下関の伊藤助太夫の旅館にいて、暮れなずむ刻限になり、ふと、

——京はいまごろ冷えてきてるやろ。

と、思っていた。

夕飯や宿の夕食を分けてもらっている。ただ、ご飯をよそったり、汁を入れたりするのは

自分でやる。いまも自分のお膳をこしらえ、自然堂に運んだ。ヒラメの煮つけにごぼうの味噌漬け。京よりもずいぶん味付けは濃い。箸をつけようとしたとき、前の道を子どもが通る声がした。ずいぶん幼い子どもらしく、きゃっきゃと言うだけで言葉になっていない。

「ほら、走ったら危ない」

母親がいっしょらしい。

立ち上がって、閉めておいた板戸を開け、前の道を見た。すでに陽はほとんど落ちて、影しか見えていない。見ると、母親だけでなく父親もいっしょにいるらしかった。

——ええなあ。

と、お龍は思った。

もつれ合うように左から右へと動いて行く両親と幼い子どもの三つの影は、おとぎ話のなかから出てきたかのように、懐かしいものに見えた。その向こうの海が、かすかな明かりにちりちりと光っていた。

「龍さん。はよ帰っておいで」

お龍は小さくつぶやいていた。

千葉佐那は、夜になって、また近江屋にやって来た。明日は江戸に帰らないといけない。京にいる兄に、江戸への伝言を頼まれたのだ。したがって、ひと月以上、京からいなくなることになる。だが、すぐにまたもどって来るので、けっして坂本さまを諦めたわけではないと、そのことを告げたかった。

龍馬は嫌がるかもしれない。苦しめることになっているかもしれない。だが、いつかかならずこの思いにほだされるときが来る。来なければならない。この世はそうでなければならない。京のほとんどの名刹にも願ってきた。龍馬と結ばれることを祈った。だから、叶わないわけがない。

そのとき、闇のなかを男たちが佐那の前を通り過ぎた。二人が何も書かれていない提灯を持っていた。ほかに五人がいた。長刀ではなく小太刀だけを差し、すでに鯉口まで切っている男も二人いた。男たちは、強烈な殺気を発散していた。いちばん後ろにいた男が、佐那を見てにやりと笑った。底意が窺えるような、じつは切支丹である坊さんのような笑いだった。

――え?

ぴんと来るものがあった。この者たちは刺客ではないか。坂本龍馬を殺しに来たのではないか。そう思った途端、身体が凍りついた。胸が激しく高鳴り出した。立ちふさがるどころではない。足がすくんで動かない。道場では男まさりでならした女剣士は、衝撃で腰が抜けそうだった。

男たちは近江屋のなかへ入って行った。

どうか違っていて欲しい。振り向いて、おれたちは刺客なんかじゃないと言って欲しい。

だが、おそらくあの男たちは……。

佐那はしゃがみ込んだ。頭を押さえ、うずくまった。

通りすがりの女が、

「どうかしはりました?」

と、声をかけてきた。なんでもないというように首を振った。

それから佐那は、衝撃と恐怖のあとにやって来た自分の気持ちに愕然とした。

――もしも刺客だったら、わたしもようやく、つらい恋をおしまいにできる……。

3

「お前は味方であっても敵だ」

中岡慎太郎があぐらをかいたような目つきで龍馬を見ている。

これからの新体制についてさんざん議論をしたあと、中岡はしばらくなにも言わなくなり、それから唐突にそう言ったのだ。

「なんだ、そりゃ？」

「お龍さんのことだ」

「お龍はおれの妻だぞ」

龍馬は呆れた口調で言った。

「そんなことはわかっている」

「それでなにが敵だ？」

「お龍さんは素晴らしい女だ」

「ありがとうよ」

「いや、お前はそのことをわかっておらぬ」

「わかってるよ」

いったい、なにを根拠にこの男はそういうことを言い出したのか。さっきまでの怜悧《れいり》な新時代の構想力はすっかり消えている。また、頭のなかで一人お祭りが始まったらしい。

「いや、わかっていたら、お前みたいな暮らしはせぬ」

「おれみたいな暮らし？」

「こんな敵だらけの危ないところをうろうろしているではないか。お龍さんに心配かけているではないか」

「だったら、どうしろというのだ？」

「お龍さんと田舎に引っ込むべきだろう」

「お前にそんなことを言われる筋合いはない」

「うっ」

中岡は口をつぐみ、しばらくして、

「恋は盲目なのだ」

と、言った。

「盲目どころの話じゃないぞ。耳も聞こえていない。匂いも感じていない。お前、ほんとに大丈夫か？」

「ふん、大丈夫だ。どうやらおれは心に敵を置かぬと生きていけぬらしいな」

「そうみたいだな」

「お前は違うのか？」

「当たり前だろうが。おれは別に敵などおらぬ。それに、いまは敵でも明日は友かもしれないだろうが」

「お前は変なやつだな」

「お前が変なんだ」

龍馬がそう言ったときである。

階段のあたりに異変が起きた。


――おい、お龍。またか。

龍馬はそう思った。風邪のせいで熱が出ていたかもしれない。玉子酒に熱燗もだいぶ飲んだので、酔いも加わったらしい。

裸で駆け上がって来たお龍の姿を見ていた。

龍馬の手のひらにすっぽり収まる乳房は、小躍りするみたいに小さく揺れていた。そう大きくはない尻は、胴が細いため、それなりにふくらんでいるように見えた。前を飾る毛は面積こそ広くはないが、艶やかに黒かった。よく張った腿が弾んでいた。

「龍さん！　大変や」

そう言った気がしたが、そんな声はしていなかった。

なぜなら、駆け上がって来たのはお龍ではなかったから。

龍馬は一度、強く目をつむった。

すると、濃い霧に包まれたかと思うと、眼前に巨大な蒸気船が現われた。波しぶきが立ち、帆を張っていない三本のマストは、巨大な枯木のように見えた。紀州藩の蒸気船〈明光丸〉だった。

——ぶつかるぞ。右に回れ！

龍馬はぶつかる寸前の場面を見ていないはずである。寝ていて、衝突の衝撃で目を覚ましたのである。それなのに明光丸は、押しつぶすように迫りつつあった。なかで葬儀でも営まれているような真っ黒で巨大な鉄の函は、刃のように船首を尖らせていた。

だが、船がぶち当たる衝撃はなかった。

なぜならここは、いろは丸の艦内でもなかったから。

龍馬は目が悪い。そのうえ、部屋は行灯の明かりだけで薄暗い。だから、階段の上がり口から黒雲が湧いたような気がした。あろうことか、その黒雲が稲妻を発した。

そこは龍馬も一時期、剣術に没頭した男である。なにも考えず、わきに置いた刀を取って、発した稲妻に合わせた。だが、わずかに遅く、勢いに負け、頭を深々と斬られた。まさに青天の霹靂《へきれき》。

——なんだ？

激しい痛みのなかでいま起きていることを理解しようとするが難しい。お龍はどこにいる。お龍はなぜいない。それが不思議でならない。寺田屋ではいただろう。お前が裸で駆け上がって、報せてくれただろう。

胸のうちで叫ぶ。

「お龍」

肩口を斬られた。ここは二階で天井は低い。相手は小太刀を振り回しているのだ。火傷《やけど》するような熱さが来て、それから激烈な痛みが来る。

逃げようとすると、今度は突かれた。

こいつらは名乗りもしない。荒い息を吐きながら、気が狂ったように刀を振り回すだけ。何者なのだ。どこから来たのだ。きさまらはどこへ帰るのだ。

「お龍」

来てくれ。ペストルを持って来てくれ。ほら、なにをしている。また斬られた。逃げようとすると、背も斬られた。いったい何度斬れば気が済むのか。人間をこんなに斬り刻むようなことをしては駄目だろう。

どうやら、中岡も同じように斬られているらしい。

「お龍」

駄目だ。おれはお龍に文を書かないといけない。まだ、伝え切れていない思いがある。好きだという思いも、もっと言いたいのだ。お前のことが大好きなのだと。惚れているだけじゃない。大好きでも物足りない。

ラブなんだ。わかるか、お龍。おれはお前にラブなんだ。

意識が薄れる。暗闇が強い力でおれを後ろに引っ張る。やめろ。激しい恐怖。最後にもう一度、心の底からその名を呼んだ。

「お龍……！」

4

龍馬がもどって来た。

「お帰り、龍さん」

「……」

龍馬はなにも言わない。黙って座ると、肩や袴から白い土埃が煙のように流れた。長旅だったらしい。

最初に出会ったときみたいだった。あのときもこんなふうに入って来た。

誰かを捜しているような目をした。あのとき、中岡くんは？ と訊いたのではなかったか。

「中岡はんはまだやで」

「……」

龍馬は小さくうなずき、それからお龍をじいっと見た。やさしい目だった。ふと、にこりとした。子どものような笑みだった。

「疲れたやろ？」

「……」

こっくりと、うなだれるみたいにうなずいた。疲れているのだ。忙し過ぎるのだ。いろんな人に期待されるのが嬉しいのだろう。しかも、いろんな計画が頭に浮かぶから、どんどん仕事が増えていく。ほんとは人見知りなんだと言っていたのに。もう無理はしないで欲しい。

「はよ、休み」

「……」

だが、寝ようとはしない。

「どうしはったん？」

「……」

「なあ。どうしはったん？」

訊いたところで、お龍は目を覚ました。

「夢か」

起き上がり、床に座り直してため息をついた。

珍しいことではない。二、三日前は、龍馬が誰かにペストルで撃たれる夢を見た。「危ない、龍さん」と叫んだ自分の声で目を覚ましたほどだった。

お龍は紫の絹のキレをかけて、いつも枕元に置いてあるペストルを手にした。両手で持ち、暗い部屋の四方に照準を合わせるようにした。かなりの重さがあるが、もう慣れた。龍馬が護身用にと渡してくれたものである。スミス・ウエッソンなんたらと言うらしい。六連発。これがあれば、怖いものはない。

「ばん、ばん、ばーん」

撃つ真似《まね》もした。

龍馬を襲う者がいたら、ぜったいに許さない。うちが守ってやる。

それからお龍は厠に立った。途中で起きたのは、このせいかもしれない。若いころは夜中に起きるなんてことは滅多になかったものだ。

もう若くはない。早く子どもをつくらないといけない。今日あたりにすると、できるかもしれないのに。

お龍は床に入り直し、また目をつむる。だが、昼のうちに稽古をした「美しき夢を見る人」の月琴の音階が、頭のなかで鳴っているような気がする。

目が冴えてきた。眠れそうもない。お龍は起き上がり、月琴を手に取り、つまびきながら小声で歌い出した。

〽美しき　夢を見て
蒸気船《ふね》に乗り　地を奔《はし》る
今日は江戸　明日は京
夢はいつか　かなうのか

音階に合わせ、お龍が勝手に詞をつけたのだった。

龍馬は、今日はどこを飛び回っていたのだろう。落ち着きなく、真っ黒に日焼けして。行く先々で面白いことを言い、相手を煙に巻いたり、感心させたりしているのだろう。また、あの人は調子に乗ると呆れるくらい口がうまいから。男たちは皆、あの人の明るさや妙な勢いにほだされてしまうから。

まあ、ええ。いまはやりたいようにしてなはれ。それで、疲れたら、うちのところへ帰って来なはれ。

「龍さん。あんたは、うちがおらんとあかんのや」

お龍はつぶやいた。お龍は、龍馬の母になった気がしていた。


（完）

あとがき

あの名作があるのに、なにをいまさらと自分でも思った。

それでも書きたいと思ったのは、龍馬亡きあと、お龍は土佐へ行き、結局、どうにもうまく暮らすことができずに土佐を去るとき、なにを思ったのか、龍馬がくれた手紙をことごとく焼いてしまったことを知ったからだった。焼いた手紙はもちろん恋文だったはずだし、筆まめな龍馬だから相当な数もあったはずである。

候文と口語文がごっちゃになった龍馬の手紙は面白い。もしもその恋文がいまに残されていたら、わたしたちはどれほど二人の恋のなりゆきに胸を躍らせ、微笑ませてもらっていたことか。お龍さん、なんてことをしてくれたんだと言いたいし、だが、お龍はお龍で、思い出と決別したくなるような、よほどのことがあったのかもしれない。

その恋文を捏造してみたい、そう思ったのが、最初のきっかけだった。

また、一般の龍馬像とは違うイメージを抱きつづけていたこともあった。龍馬といえば土佐弁である。小説でもドラマでも、皆、土佐弁を話す。だが、龍馬は十九のときと二十二のとき、二度、剣術修行のために江戸に出て来て、合わせて三年数か月のあいだ、江戸で暮らしている。

大学への入学でも就職でも、東京に出て来た若者が、いつまでも田舎の言葉を話すものだろうか。もちろん標準語というものはなかったころであるが、それでも田舎言葉に対するコンプレックスが芽生えるのが、若者というものではないのか。土佐弁を話さない龍馬が、わたしのイメージする龍馬だった。

さらに、龍馬は蒸気船の船長であった。そのことが、薩摩や長州の重役たちが龍馬の言うことを重んじる要因となった。蒸気船の操縦を習得することは容易ではない。龍馬は勤勉な若者だった。

歴史を動かして来たのは英雄だけではない。英雄の功績など、そうたいしたことはない。むしろ、新技術と食糧問題、そして人を押しのけることをしなかった多くの人たち、人生に失敗した多くの人たち、そっちのほうがずっと歴史を動かしてきた——そういう歴史観も合わせて、龍馬を書きたかった。

加えてなにより、あの晩、あそこにお龍がいなかったという悔しさである。寺田屋の夜と近江屋の夜。じつによく似た状況で、違うのはお龍がそこにいなかったことだった。お龍があそこにいてくれたら、龍馬は間違いなく明治の日本を生きたはずだった。

最後にこの本のために力をお貸しいただいた小学館出版局の岡靖司氏、メディアプレスの岡村啓嗣氏、および京都弁の監修をしてくれた岡村氏の奥さまと、祇園のお茶屋〈福嶋〉の女将・福嶋知子さん、さらに忙しいなか表紙絵を引き受けてくれた松浦シオリさん、装丁の山田満明さんにお礼を申し上げる。

風野真知雄

本書は、月刊『本の窓』（小学館）二〇一七年十二月号〜二〇二〇年三、四月合併号に連載した
『ドラゴン・ラブ』に加筆したものです。

風野真知雄（かぜの・まちお）

一九五一年福島県生まれ。立教大学法学部卒業。九三年「黒牛と妖怪」で第十七回歴史文学賞を受賞し、デビュー。二〇一五年「耳袋秘帖」シリーズで第四回歴史時代作家クラブ賞・シリーズ賞、『沙羅沙羅越え』で第二十一回中山義秀文学賞を受賞。「妻はくノ一」「大名やくざ」「わるじい秘剣帖」「隠密味見方同心」など人気シリーズ多数。単行本に『卜伝飄々』『恋の川、春の町』など。

編集　岡　靖司

お龍《りょう》のいない夜《よる》

二〇二〇年十一月三十日　初版第一刷発行

著者　風野真知雄
発行者　飯田昌宏
発行所　株式会社小学館
〒一〇一-八〇〇一　東京都千代田区一ツ橋二-三-一
編集　〇三-三二三〇-五一三二　販売　〇三-五二八一-三五五五
DTP　株式会社昭和ブライト
印刷所　萩原印刷株式会社
製本所　株式会社若林製本工場

ISBN978-4-09-386579-1